LHATTIE HANIEL

Un Accord Incongru !

ROMANCE HISTORIQUE

Copyright © Édition originale 2015
Lhattie HANIEL, tous droits réservés
Édition brochée Mars 2015
Independently published
Illustration de couverture : Lhattie HANIEL
Images de couverture : Auguste TOULMOUCHE
ASIN : B00UDNQDNM
ISBN : 9791094782019

Du même Auteur

Lady Rose & Miss Darcy, deux cœurs à prendre…
Pour que chaque jour compte, il était une fois…
Un Accord Incongru !
Violet Templeton, une Lady chapardeuse
Le Mystérieux Secret de Jane Austen
Saint Mary's Bay – Vol. 1
Saint Mary's Bay – Vol. 2
20 Secondes de Courage
Victoria Hall – Vol. 1
Victoria Hall – Vol. 2

Tous ces titres sont disponibles
au format numérique et au format papier

Tu es ma certitude,
Toi que j'aime.

Prologue

Mercredi 14 février 1810, comté du Suffolk, Kentwell Park

Dans son énorme propriété située dans la ville de Sudbury, lord Henry Grey, duc de Clarence, se réveillait seul dans sa chambre comme tous les jours depuis ces vingt dernières années. Alors, comme chaque matin que Dieu faisait, il se leva. Et comme chaque matin, depuis ce soir d'hiver où il avait perdu *sa* Cecilia, son épouse tant adorée, il se dévisagea dans l'imposant miroir apposé au mur.

— Eh oui, mon ami ! Encore une nouvelle journée à vivre, pour rien ni pour personne, se dit-il en regardant son pâle visage où se reflétaient, en même temps qu'une profonde mélancolie, les années passées, déjà pointées par l'empreinte du doigt qui décompose le corps.

Cet homme bien né et bien éduqué se retrouvait aujourd'hui tout seul parce que sa douce Cecilia n'avait pu lui donner de descendance. Pourtant, ils s'étaient aimés d'un amour ardent et passionnel, bien avant leur mariage. Cecilia avait été l'une de ses cousines éloignées avant de devenir son épouse, car chez les Grey, les épousailles entre cousins étaient d'usage. En conséquence, lord Henry Grey, cinquième duc de Clarence, n'avait pas failli à cette tradition familiale.

Le vieil homme se détourna de son reflet grisonnant pour s'en aller tirer sur un épais bandeau de tissu suspendu au mur sur lequel était brodée au fil d'or la lettrine *G*. Ce bandeau était relié à un long cordage se prolongeant jusque dans l'office dont l'extrémité était munie d'une clochette en argent qui se mit aussitôt à tinter gracieusement. George, le valet de pied de l'unique aristocrate qui habitait sous ce toit, reconnut le tintement de la clochette qui lui avait été attribuée. Il n'eut pas la nécessité de vérifier si c'était bien la sienne. Elle sonnait tant par jour qu'il lui arrivait même d'imaginer l'entendre la nuit, lorsqu'il dormait. D'un geste rapide, il enfila sa veste et s'affaira à grimper les deux étages avant que Mr Parker, le majordome, ne le lui en donnât l'ordre. Une autre clochette s'activa et Mrs Jennings, l'intendante, ordonna à la bonne de s'assurer d'être prête à monter et à servir dans le petit salon d'été – dans moins de vingt minutes – le petit déjeuner de leur maître.

— George ! Ah ! Vous voilà enfin ! s'écria le duc.

— Si Sa Grâce veut bien me pardonner, répondit

George, alors qu'il n'avait pas mis plus de deux minutes à grimper les deux étages après avoir été sollicité.

Sans prêter une quelconque attention aux paroles de son valet, le duc poursuivit.

— Aidez-moi à me vêtir ! Je souhaite mettre, aujourd'hui, mon habit gris souris.

— Euh… Sa Grâce n'a-t-elle pas prévu de sortie dans les jardins ? demanda George, timidement.

Le valet de pied savait que lorsque le duc mettait son costume gris souris, il était encore plus désagréable que les jours où il mettait un costume de promenade.

— Non. Pas aujourd'hui. Je suis d'une humeur maussade et je n'ai point l'envie de sortir au-dehors.

George ne répliqua pas à son maître. Il savait également que son humeur maussade serait la même que celle de la veille et des jours passés, et qu'elle resterait encore identique fort longtemps. C'était ainsi depuis qu'il était rentré au service de *Sa Grâce*, il y avait déjà tant d'années. Il n'y avait donc aucune raison pour que cela change…

Or, bien mal en était pour tous ceux qui côtoyaient le duc, parce que la belle éducation qui lui avait été enseignée dans sa jeunesse s'était totalement dissipée à la mort de sa douce aimée.

Après avoir été rasé de près, lavé, parfumé et vêtu de propre, le duc alla prendre *seul* dans le salon bleu son petit déjeuner, comme il le faisait maintenant depuis de longues années. Son journal – repassé au fer quelques minutes plus tôt afin d'effacer tout pli qui aurait pu gêner sa lecture – lui apprit une nouvelle des plus consternantes.

— Voilà encore un moyen pour la Couronne de nous déposséder ! s'exclama-t-il pour lui seul, en avalant une gorgée de son thé brûlant.

Le visage rougi, il reposa bruyamment sa tasse sur sa soucoupe tout en maintenant de son autre main son journal.

— Il n'est pas question de cela ! s'écria-t-il lorsqu'il arriva au bout du paragraphe.

Affligé, il jeta son journal au milieu de la table avant de se prendre la tête entre les mains.

Un article – émanant de la Couronne et tout écrit en lettres grasses – annonçait à tous les grands propriétaires terriens, sans tenir compte de leurs titres, qu'ils risquaient de se voir taxer une partie de leurs biens dans la prochaine année et tout le reste après leur mort. Le seul moyen d'y échapper était d'avoir une descendance masculine, quelle qu'elle fût : enfant, frère, neveu, cousin, oncle ou autre.

Ce que le duc n'avait point !

Après quelques minutes de réflexion silencieuse – tout en relevant sa tête rougie de contrariété –, le duc posa ses mains sur le rebord de la table épaisse. Il se releva en renversant bruyamment sa lourde chaise, ce qui fit sursauter le domestique posté derrière lui. Tout en grognant des mots incompréhensibles, il sortit de la pièce et s'en alla trouver son majordome.

— Mr Parker ! s'écria-t-il à peine arrivé dans le long corridor.

Le majordome ressortit instantanément d'un pas précipité de la salle à manger dans laquelle il sermonnait la bonne qui avait laissé le feu s'éteindre dans la cheminée.

— Mr Parker ! finit par hurler le duc.

— Si Sa Grâce veut bien me pardonner l'attente subie. Que puis-je faire pour Sa Grâce, afin de lui complaire ? demanda le majordome dans une révérence pompeuse en arrivant à sa hauteur.

— Faites appeler Mr James ! J'ai plusieurs lettres à lui dicter et à faire partir dans l'heure ! intima le duc.

— Si Sa Grâce veut bien me permettre de lui rappeler que Mr James n'est plus des nôtres. Il nous a quittés, voilà deux semaines. Sa Grâce désire-t-elle que je requière la présence de Mr Peterson, son nouveau secrétaire ? demanda Mr Parker avec une expression troublée sur le visage.

— Oui ! Oui ! Bien sûr ! Dites-lui de me retrouver dans mon bureau. Immédiatement ! ajouta le duc sans l'ombre d'une politesse, même forcée.

Une vingtaine de minutes plus tard, lord Henry marchait de long en large dans son bureau, son secrétaire installé confortablement dans l'énorme fauteuil en cuir assorti à tout le mobilier de la pièce.

— La première lettre sera pour mon notaire !

s'exclama le duc. Je veux qu'il m'assure que mes deniers sont bien protégés d'éventuelles taxes nouvelles ! La seconde sera pour cet enquêteur privé situé à la sortie nord de la ville ! Allons ! Prenez votre papier et votre plume ! Ou bien, dois-je le faire moi-même ? s'écria-t-il.

Celui-ci était, certes, très jeune et venait de remplacer Mr James, qui avait rendu son dernier souffle il y avait deux semaines tout au plus. Mais oublier que son secrétaire avait rendu l'âme démontrait à quel point le duc manquait de cœur. Ou bien sa mémoire était-elle devenue défaillante ? C'est avec les mains tremblantes que Mr Peterson attrapa maladroitement l'encrier. Celui-ci lui échappa des mains avant de se renverser sur la feuille posée devant lui.

—Nom de Dieu ! jura le duc. Quel empoté vous faites ! Allons ! Prenez une autre feuille ! ordonna-t-il en le bousculant sans ménagement.

Le jeune homme plia en quatre la feuille dégoulinante d'encre et s'en débarrassa en la jetant dans la petite corbeille en osier posée au pied du bureau. Il s'essuya les mains dans son magnifique mouchoir d'un blanc immaculé – dont la dentelle abondante aurait été plus indiquée pour une femme – avant de prendre la plume d'oie qui l'attendait sur le bureau massif. Fin prêt, il remonta ses lunettes rondes qui avaient glissé sur le bout de son nez et commença à transcrire les mots que son maître lui dicta alors.

Après plus d'une heure, Mr Peterson quitta les

appartements du duc avec deux longues lettres en main dont l'encre, fraîchement déposée sur le papier, avait tout juste eu le temps de sécher. Il partit à la recherche de Tom, le garçon de courses, qu'il trouva près des écuries. Il lui remit les deux plis en exigeant qu'il aille les remettre rapidement à leurs destinataires.

Une heure de plus s'écoula avant que Mr Hambleton, le détective, ne fût surpris en se retrouvant avec la demande du duc de Clarence entre les mains. Celui-ci lui demandait de retrouver, coûte que coûte, une personne de sexe féminin appartenant à la branche des Grey. Il mentionnait dans sa lettre qu'il n'avait pas de filiation dont il aurait pu avoir connaissance et tous ceux qu'il connaissait étaient déjà six pieds sous terre. Il espérait trouver encore quelqu'un de vivant faisant partie de la lignée des Grey, car les Grey ne s'unissaient qu'entre eux ! Il était donc hors de question de changer cette coutume séculaire. Après avoir haussé les sourcils, le détective jeta la lettre sur son bureau tout en pensant que cela risquait toutefois de lui prendre plusieurs semaines. Et peut-être même plus...

Quant à Mr Campbell, le notaire attitré de lord Henry, il lui répondit aussitôt par missive que tous ses biens risquaient d'être fortement entamés par cette nouvelle loi.

Cette réponse, pourtant attendue, plongea alors *Sa Grâce* dans une colère noire…

C'est une vérité dérangeante contre laquelle il me faut vous mettre en garde, jeune dame et pour cela vous dire que si vous donnez votre main sans votre cœur afin d'obtenir des biens ou un titre, vous trouverez le mariage pénible et rempli de déceptions. Or, ces alliances finissent rarement dans une relation de congruence ! Qui plus est, être à l'abri d'une infortune ne nourrit pas le cœur et peut même vous faire perdre la raison. Si tant est que vous ne perdiez pas, avant, votre âme...

Lhattie Haniel

Chapitre 1

Samedi 7 avril 1810, comté de Cumberland

— Miss Dolly ! Miss Dolly ! s'écria la jeune Betsy.

— Oui, Betsy, je suis là ! répondit la jeune femme, alors qu'elle ressortait du minuscule potager dans lequel elle bêchait la terre.

Dolly fit encore quelques pas et se retrouva face à sa camériste.

— Qu'y a-t-il, Betsy ?

— Oh ! Miss Dolly, il y a une missive pour vous ! Elle provient du comté du Suffolk, m'a indiqué Walter, le nouveau garçon de courses qui me l'a remise, dit-elle en papillonnant des yeux.

Et tout en lui disant ces mots, elle lui tendit la lettre. Dolly la récupéra dans ses mains qui s'étaient mises à trembler légèrement. Elle recevait peu de lettres, et celles-ci étaient généralement des missives la sommant de payer de vieilles créances dont elle n'était même pas certaine qu'elles avaient été contractées par ses défunts parents. Dolly resta figée sur place et fixa, sans l'ouvrir, le pli qu'elle avait entre les mains. Sa camériste attendit quelques secondes puis, voyant que sa jeune maîtresse – toujours silencieuse – n'ouvrirait pas son pli devant elle, commença à retourner vers la maison en direction de l'office. Dolly l'apostropha et Betsy fit aussitôt un demi-tour sur elle-même, un large sourire trônant sur son rond visage. Dolly proposa à sa soubrette d'aller s'asseoir au soleil, sur un banc érodé par le temps. Érodé étant faiblement approprié pour le décrire !

D'ailleurs, tout le domaine du manoir des Marais de Kendall, qui lui appartenait depuis qu'elle avait perdu ses parents, était dans un état bien pis que ça. Certes, c'était un bel endroit plein de verdure, mais qui n'avait plus qu'une valeur sentimentale pour elle, car la petite demeure tombait en ruine aussi bien par ses toitures qui ne retenaient plus les eaux de pluie, que par ses murs qui laissaient passer d'affreux courants d'air. Or les moyens de la jeune femme – âgée de vingt ans et ne possédant aucun titre – ne lui permettaient pas de faire les réparations nécessaires. Aussi lui faudrait-il, un jour ou l'autre, se rendre à l'évidence : se résigner à vendre son petit domaine et partir vivre en ville. Ce choix deviendrait vital incessamment sous peu et lui ferait renoncer à rester vivre à la campagne. Elle espérait, chaque matin, que ce jour-là se présenterait à elle le plus tard possible…

À moins, bien entendu, qu'elle n'épouse un homme aisé ! Une demande en mariage aurait pu lui être faite, tant elle était belle et dotée d'un naturel rempli de charme. Son corps de jeune fille s'était métamorphosé tardivement et seulement durant sa dix-huitième année pour devenir celui d'une femme dont les rondeurs suggestives lui apportaient l'élégance et la beauté que toutes les femmes du monde recherchent. Quant à ses longs et magnifiques cheveux noirs, ils tranchaient sur son visage de porcelaine, d'une beauté rare. Mais la particularité la plus étonnante était sans nul doute son regard vert clair. De la couleur d'une opale, il fascinait chaque personne qui avait la chance de plonger ses yeux dedans.

Toutefois, comme la jeune femme ne sortait que peu de son domaine, elle ne risquait pas de croiser quelqu'un. Et donc, encore moins de se trouver un mari !

Il est vrai qu'elle était solitaire et préférait les longues promenades dans les plaines boisées dans lesquelles il n'y avait point d'habitation. Là, elle pouvait cueillir dans une parfaite tranquillité des baies sauvages, ainsi que des plantes médicinales pour nourrir ou bien soigner toute sa maisonnée. Elle avait été à bonne école avec sa gouvernante de l'époque, qui lui avait enseigné la préparation de médications. Cependant, cette domestique très âgée avait souhaité retourner auprès des siens, avant que ne sonne sa dernière heure qui l'emporterait sur *l'autre rive*.

Aussi, la domesticité qui l'entourait aujourd'hui se comptait au nombre de trois personnes. Il y avait donc Betsy, sa camériste, avec laquelle elle entretenait une relation amicale mais qui, toutefois, était loin d'être une confidente.

La deuxième, Becca, âgée d'à peine dix-sept ans, avait été engagée par la défunte Mrs Green en tant que fille des cuisines. Mais depuis que la cuisinière en chef, à la mort de sa maîtresse, avait quitté les lieux dès lors qu'elle eût compris qu'elle ne recevrait plus ses gages habituels, Becca avait été promue à ce poste. Et ce qui tombait à point, c'est qu'elle adorait cuisiner pour sa jeune maîtresse des plats de son invention !

La troisième personne qui clôturait ce petit chapitre domestique était Tom le jardinier. Très épris de Becca, il n'était resté au domaine que pour être auprès de sa belle ! D'ailleurs, lorsqu'il ne se trouvait pas dans le jardin, il était tout simplement à l'office…

Tous trois n'avaient pas souhaité quitter leur *petite* maîtresse à la mort de leurs maîtres. Ils avaient préféré rester auprès de Miss Dolly Green, car c'était le seul toit qu'il leur restait à eux aussi. D'autant que la jeune femme se sentait bien en leur compagnie et que les liens qu'ils avaient tissés avec elle étaient plus proches de ceux de l'amitié que ceux d'une maîtresse à ses employés.

Même si tous les trois savaient où se trouvait leur place…

Les deux jeunes femmes ayant pris place sur ce

fameux banc usé, l'une à côté de l'autre, Dolly, tout en souriant faiblement à Betsy, releva ses jupes pour se saisir de sa petite dague. C'était une petite arme, façonnée avec raffinement tel un petit bijou, que le défunt Mr Green avait offerte à son épouse au lendemain de leur première nuit intime. La lame avait été forgée dans de l'acier clair et le manche, taillé dans un bois exotique, était orné d'une émeraude de chaque côté, chacune sertie par un mélange d'or et d'acier. Sa mère la lui avait offerte en guise de cadeau pour ses vingt ans, quelques mois avant qu'une mauvaise fièvre ne l'emporte. Depuis, comme elle s'en servait tous les jours, Dolly liait celle-ci chaque matin autour de sa cheville, et elle entreprit d'ouvrir sa lettre avec. Elle glissa la pointe de la lame fine sous le sceau et la cire rouge se brisa en petits morceaux. Elle rangea précieusement sa dague dans son petit étui en cuir et entreprit de lire la lettre qui provenait du cabinet d'un enquêteur privé. Les lignes de ce fin limier lui apprirent ou plutôt lui demandaient de prouver ses liens avec la famille Grey.

— Alors là ! Quelle demande saugrenue ? La famille Grey ! Je ne sais même pas qui ils sont ! Comme c'est bizarre ! s'exclama Dolly, en caressant ses cheveux que Betsy lui avait tressés en une longue natte, le matin même.

Puis, oubliant que sa soubrette n'avait jamais eu de précepteur comme elle pour lui apprendre à lire, Dolly lui tendit la lettre. Betsy la fixa avec un regard honteux. La pauvre jeune femme n'avait jamais eu de descendance aristocratique par ses parents comme sa jeune maîtresse. Encore que celle-ci n'en eut jamais rien su…

Dolly savait donc lire, faire des calculs, écrire et gérer ses propres affaires. Et elle s'occupait aujourd'hui de la gestion de la maison avec un sens aigu de l'économie. Bien qu'il fût certain que lorsque l'on a peu à dépenser, on dépense peu...

Dolly récupéra la lettre que Betsy lui tendait avec un regard de désolation. Elle s'empressa alors d'apprendre à sa servante le contenu de celle-ci. À la fin de cette lecture étonnante, les deux jeunes femmes, songeuses, restèrent assises sur le petit banc. Après un bref instant silencieux, Dolly se releva, imitée par Betsy. Toujours sans qu'un seul mot ne soit prononcé, elles se dirigèrent vers la maison en longeant une petite allée. Betsy salua ensuite Dolly et retourna auprès de la cuisinière pour l'aider à préparer le déjeuner et surtout pour lui relater cette étrange lettre reçue par leur maîtresse. Quant à Dolly, elle rentra dans ses appartements. Une fois dans sa chambre, elle relut cette surprenante correspondance. Elle était certaine qu'il y avait une erreur de destinataire et décida de ne pas y donner suite. Elle reprit donc le cours de sa vie, continuant à vivre chaque jour dans la plus grande simplicité.

Plus d'un mois se passa avant qu'une deuxième lettre ne vienne appuyer la demande faite dans la première. L'enquêteur, Mr Hambleton, requérait d'elle une réponse en retour à ses questions. Qui plus est, il lui signifiait que sa demande était urgente et ne pouvait souffrir d'attendre un mois de plus. Ce courrier, d'ailleurs, tout écrit sur un ton exigeant, lui faisait savoir que Mr Hambleton n'avait pas trouvé d'autres personnes qui auraient pu faire partie de la branche des Grey comme elle. Dolly était, a priori, la seule survivante de la lignée du duc, lui avait-il écrit sans autre précision. À la lecture de ces derniers mots, elle ne put s'empêcher de sourire. Mr Hambleton lui indiquait également qu'il lui ferait parvenir l'argent nécessaire à son voyage jusque dans le Suffolk, dès qu'il serait certain qu'elle était bien une descendante des Grey. Cependant, à aucun moment dans sa lettre, il ne lui annonçait que lord Henry Grey, duc de Clarence, était toujours vivant. De ce fait, Dolly s'était mise en tête qu'il s'agissait peut-être d'un héritage. Nullement dotée d'économies notables, elle songea alors qu'elle pourrait bien faire prochainement quelques rénovations si celui-ci était conséquent. Elle ressortit de sa chambre et se rendit dans le grenier. À supposer qu'elle ait un lien de parenté avec cette fameuse famille Grey, dont elle était certaine de ne pas connaître le moindre membre et dont le nom ne lui disait toujours absolument rien, ce n'était que dans le grenier qu'elle trouverait la preuve de cette filiation. Si tant est qu'il y en ait une.

Après deux bonnes heures, qu'elle passa à retourner toute une partie du grenier, Betsy arriva, une tasse de thé entre les mains. Il faut dire que le mois de mai, déjà fort entamé, était exceptionnellement chaud pour l'époque.

— Tenez, Miss Dolly, dit-elle.

La jeune femme se saisit alors de la tasse de thé que Betsy lui tendait.

— Merci, Betsy. Je suis déshydratée ! Ce thé tombe à point ! s'exclama-t-elle en se laissant tomber dans un vieux fauteuil en bois recouvert d'un tissu miteux.

— Que cherchez-vous dans toutes ces vieilleries ? l'interrogea sa camériste, tout en secouant sa main devant son visage pour éloigner le petit nuage de poussière que Dolly venait de faire en s'assoyant.

— Le livre des naissances de ma famille, répliqua sa maîtresse en avalant d'une traite son thé qui avait déjà quelque peu refroidi.

Tout en se relevant, elle conserva quelques secondes la tasse entre ses mains avant de la reposer délicatement sur sa soucoupe. Elle déposa le tout sur une petite mallette en cuir vieillie par le temps et continua avec Betsy à rechercher l'objet tant convoité.

Il s'écoula une heure de plus avant que Betsy ne décide qu'il lui fallait satisfaire un besoin pressant. Elle récupéra au passage la tasse de thé, mais oublia la soucoupe. Alors qu'elle descendait la vieille échelle, Dolly la regarda dévaler les barreaux en bois avant de la voir sauter par-dessus les deux derniers. Tout en lui souriant, Betsy jeta un dernier regard à sa maîtresse avant de s'en aller en courant. Dolly l'entendit claquer une porte, ce qui la fit sourire.

En effet, le besoin était plus que pressant !

Dolly, distraite par ce petit *interlude*, retourna à ses recherches. Toutefois, toute patience évaporée, elle fit brusquement un tour sur elle-même en s'écriant :

— Seigneur, aidez-moi, je vous en prie ! dit-elle à voix haute, les paumes de ses mains tendues vers le ciel.

Comment ?

Et par quel miracle ?

Nul n'aurait su le dire...

La soucoupe, que Betsy avait omis de prendre lorsqu'elle s'était saisie de la tasse, avait glissé du dessus de la petite mallette et s'était ébréchée en tombant sur le plancher. Dolly écarquilla les yeux avant de se jeter sur la serrure de la mallette qui refusa de s'ouvrir sans sa clé. Tout en se demandant comment elle avait fait pour ne pas voir celle-ci posée à ses pieds, elle attrapa un vieux clou — qu'elle délogea facilement d'une poutre — et l'enfonça dans la serrure en fer forgé. Après quelques minutes d'un combat féroce et perdu d'avance pour la serrure, Dolly entendit un petit cliquetis.

— Merci, mon Dieu ! s'exclama-t-elle en levant les yeux vers le ciel.

Avec un large sourire, elle souleva le couvercle et commença à en inspecter le contenu. Elle y trouva une layette de bébé ainsi qu'un hochet — le tout ayant sûrement dû lui appartenir, étant fille unique. Plus en profondeur, elle découvrit un petit livre irisé de vert et cacheté par un ruban doré confectionné dans une très belle soie. Elle tira de chaque côté du ruban afin d'ouvrir le joli petit ouvrage. Lorsqu'elle en souleva la couverture, les feuilles qui le garnissaient se déplièrent de leur logement, laissant découvrir de magnifiques arbres généalogiques enluminés à l'or fin. L'écriture dessus était délicate et appliquée. L'ensemble était merveilleusement conservé malgré les années passées. Dolly parcourut les feuilles, les unes après les autres et parut plus qu'étonnée en voyant apparaître sur la dernière page, l'arbre généalogique de ses ancêtres. En le parcourant des yeux, elle y trouva le nom de jeune fille de sa mère avant de lire le nom de son père. Elle poussa alors un cri de joie.

— Miss Dolly ! Que se passe-t-il ? s'écria Betsy qui escalada l'échelle dès qu'elle entendit du bruit dans le grenier.

— Oh, Betsy ! Ça y est ! J'ai trouvé ce que je cherchais ! s'exclama Dolly joyeusement en prenant Betsy dans ses bras.

Elles se serrèrent dans les bras l'une de l'autre tout en sautillant sur place, leurs jeunes cœurs envahis d'une forte joie.

Plus tard, dans la soirée, et après s'être débarbouillée, Dolly répondit à la missive de Mr Hambleton. Un mois plus tard, elle recevait l'argent nécessaire pour se rendre à son cabinet. Il était prévu que Betsy l'accompagne, car il n'était pas question pour elle de voyager seule. Mais le jour même de la réception de cette missive, sa pauvre camériste se cassa la cheville en ratant une marche de l'office. Dolly, en plus de se trouver peinée pour Betsy, s'en trouva fort contrariée. Elle ne voulait pas se rendre seule dans le Sud de l'Angleterre en laissant, qui plus est, sa soubrette blessée. Cependant, Mr Hambleton avait insisté grandement pour qu'elle vienne au plus tôt. Elle ne pouvait donc pas repousser son départ, même de quelques jours. Dolly aurait pu se faire accompagner par Becca, mais ayant connaissance de la relation amoureuse que la jeune fille entretenait avec Tom, elle n'osa pas le lui suggérer. D'autant qu'elle n'avait tout de même pas reçu une somme faramineuse de la part de Mr Hambleton pour un départ à trois. Et Betsy ne pouvait pas rester seule avec cette blessure. C'est donc décidée qu'elle annonça à sa domesticité, au cours du dîner, qu'elle prendrait la route toute seule. Elle les informa également que durant son absence, elle leur confierait la clé des lieux et quelques bijoux si, d'aventure, les soins pour la cheville de Betsy devenaient conséquents. Betsy avait versé quelques larmes, mais Dolly l'avait rassurée en lui disant qu'elle reviendrait bientôt et certainement avec assez d'argent pour faire les réparations nécessaires au manoir et pour leur survie.

Après ce repas devenu joyeux au fil des conversations qui tournaient sur un possible héritage, Dolly se rendit dans sa chambre, l'esprit enthousiaste à l'idée de l'aventure qui l'attendait. Seulement, au moment de se coucher, elle se mit à songer qu'elle allait se retrouver pour la première fois de sa vie complètement seule. Cette constatation l'inquiéta quelque peu. Elle essaya tout de même de se rassurer tout en remontant son édredon sur son remarquable corps dont elle ignorait l'effet qu'il pourrait avoir sur un homme s'il la voyait dans un négligé.

— *Peut-être, sur le chemin, rencontrerai-je quelqu'un de mon âge avec qui je pourrai converser pour que mon trajet soit des plus agréables ?* songea-t-elle.

Du moins l'espérait-elle en fermant les yeux…

Chapitre 2

Mardi 19 juin 1810, manoir des Marais de Kendall

Deux jours plus tard, Dolly montait dans une voiture de la malle-poste, non sans verser quelques larmes d'angoisse en quittant ses compagnons de tous les jours et son petit domaine. Les premières journées furent longues et interminables. Et les suivantes aussi ! La route était cahoteuse, remplie d'ornières, et une petite pluie incessante l'avait rendue terriblement boueuse. Ballotée dans tous les sens, Dolly commençait à regretter son périple. Elle avait le dos endolori et ses jambes commençaient à lui faire savoir qu'elles avaient envie de se dégourdir, bien plus que les quelques minutes durant lesquelles elle avait attendu au point relais le nouveau départ de la malle-poste. Qui plus est, la jeune femme n'avait rencontré aucune personne de son âge afin de converser durant ce trajet comme elle l'avait tant espéré.

Ces échanges auraient pu alors lui changer les idées et lui faire oublier toutes ses vives courbatures…

Un matin, après plus de trois semaines de route, alors qu'elle était presque arrivée à destination, le soleil montra enfin le bout de son nez. Dolly en profita pour passer sa tête par la fenêtre et admirer le paysage. La douce chaleur du soleil lui fit lever le menton vers le ciel. Éblouie, elle ferma les yeux et inspira l'air tiède qui lui balayait doucement le visage. Ces sensations la plongèrent dans une grande béatitude. Cela faisait plusieurs minutes qu'elle se trouvait dans cette position lorsqu'un groupe de cavaliers arriva à sa hauteur en vue de dépasser la malle-poste. L'un d'eux ralentit sa monture lorsqu'il se trouva à la hauteur de la jeune femme. Les yeux toujours fermés, elle souriait innocemment au soleil. À cette vue enchanteresse, l'homme, qui semblait ne faire qu'un avec sa monture, fut complètement subjugué par tant de beauté. Il fit aussitôt signe à ses trois compagnons de route, qui complétaient cette petite confrérie, de ne pas dépasser la voiture et s'adressa à celui qui venait juste de le rejoindre.

— Markus, je pense que nous allons suivre cet attelage jusqu'à son prochain arrêt, lui signifia-t-il.

— Bien, Monsieur le Comte ! rétorqua Markus avec un clin d'œil.

Markus et les deux autres hommes avaient été mis au service du comte Anton von Kinsky dès ses toutes premières leçons d'escrime. Alors qu'il avait à cette époque une dizaine d'années, les trois autres jeunes hommes en avaient déjà plus d'une quinzaine. Au fil du temps, malgré les obligations de l'étiquette dues à son rang, le comte s'en était fait trois amis qui le suivaient partout. Certes ! Ses parents étaient toujours persuadés qu'ils étaient ses gardes du corps et seuls quelques serviteurs, très proches du jeune homme, connaissaient les liens amicaux qui les unissaient.

— Franz ! Friedrich ! Nous allons suivre ces chevaux et voir où ils nous mènent ! Anton y tient, leur signifia Markus. Je crois qu'il vient de voir quelque chose d'intéressant à l'intérieur…

Tels deux complices, les deux hommes se fixèrent du regard avant d'éclater d'un même rire de gorge fort masculin. Lorsque Dolly les entendit, elle ouvrit instantanément les yeux. Bien que le soleil fût toujours éblouissant, elle réussit à apercevoir un magnifique cavalier. Aussi proche, d'ailleurs, que l'on puisse se trouver au côté d'une voiture en mouvement. Il la fixait de ses beaux yeux clairs, tout en lui souriant. Malgré une rougeur qui la prit de court, elle répondit à son sourire. Le comte était aux anges. Il n'avait plus eu de battements de cœur comme il en avait en ce moment depuis fort longtemps.

Il faut dire qu'il avait fui l'Autriche, le pays où il avait vu le jour. Cela s'était passé une semaine après l'annulation de son mariage avec Miss Karolina, une jolie jeune femme. Il l'avait aimée et pourtant elle lui avait brisé le cœur. Ils avaient formé un couple si bien assorti tant il était beau garçon lui aussi. Malgré cette évidence, elle ne s'était pas présentée à la cérémonie religieuse organisée pour leur union. Miss Karolina lui avait juste fait parvenir un petit pli parfumé, que l'un des serviteurs de sa future belle-famille lui avait remis en main propre, alors qu'il patientait devant l'autel.

Le message, fort court, qu'elle avait inscrit sur le petit papier, aussi parfumé que l'enveloppe qui le contenait, l'avait choqué :

« Monsieur, je rentre dans les Ordres religieux. Pardonnez-moi ! Miss Karolina. »

Certes ! Il était vrai que leur mariage avait été arrangé dès la naissance de la jeune femme, beaucoup plus jeune que lui. Mais les parents des deux jeunes gens n'auraient jamais imaginé un seul instant que leurs enfants ne s'uniraient pas comme cela avait été convenu entre leurs deux familles. C'était une coutume dans leur milieu de prévoir l'union de leurs enfants bien avant leur naissance. Jusqu'au jour J, n'ayant eu à aucun moment un seul doute en tête, chaque parent avait été persuadé qu'il n'en serait pas autrement. L'information qui avait manqué à ses parents était que Miss Karolina n'avait jamais eu les mêmes souhaits qu'eux. Ce qu'elle n'avait malheureusement jamais réussi à dire, même à sa propre mère. Ni à son futur fiancé, d'ailleurs. Finalement, fortement angoissée, elle avait fui le domaine familial la veille de la cérémonie et trouvé refuge au sein d'un couvent. Enfermée dans cet endroit à l'abri du monde, Miss Karolina était sûre que plus personne ne viendrait la contraindre de vivre comme elle ne l'entendait pas.

Du reste, elle n'aurait jamais pu s'unir avec le comte von Kinsky ni avec un autre homme !

La ferveur de sa foi profonde, qui l'habitait depuis sa plus tendre enfance, la vouait à prendre le voile. Ce qu'elle comptait faire prochainement en prononçant ses Vœux. Malencontreusement, le comte n'en avait jamais rien su et malheureusement pour lui, cela l'avait conduit à toute cette douleur qui l'habitait encore aujourd'hui. Cette humiliation lui avait fait perdre la face et, surtout, lui avait brisé en mille éclats le cœur. Il avait donc préféré fuir son pays le plus rapidement possible, afin de ne plus entendre tous les ragots et autres commérages qui le frappaient. Il avait choisi de se rendre en Angleterre avec ses trois amis et après plusieurs mois passés dans ce pays, n'ayant pas trouvé chaussure à son pied, il s'était décidé à retourner chez lui, même si son cœur lui dictait le contraire. Il restait déçu, car il aurait tant voulu prendre épouse et avoir des enfants. Il aurait ainsi pu démontrer à son entourage qu'il n'était pas impuissant, comme certaines personnes l'avaient marmonné alors qu'il n'était pas encore ressorti de l'église dans laquelle Miss Karolina l'avait tant humilié par son absence. Mais soit ! Son cœur semblait battre à nouveau...

La voiture transportant Dolly s'arrêta au point relais. Tous les passagers en descendirent pour se dégourdir les jambes et se restaurer rapidement. Le comte en profita pour aborder la jeune femme. Il descendit de son cheval, et tout en maintenant les rênes dans l'une de ses mains gantées, il se dirigea d'un pas ferme vers Dolly.

— Bonjour, Gente Dame ! dit-il avec un formidable sourire.

À ces paroles, prononcées avec un fort accent qu'elle n'avait jamais entendu auparavant, Dolly sursauta avant de se tourner vers lui.

— Bonjour, Monsieur, répondit-elle timidement, en rougissant pour la deuxième fois de la journée.

Envoûté par la jeune femme lorsqu'il plongea son regard dans le sien, il ne put prononcer un mot de plus. Jamais il n'avait été hypnotisé de sa vie, et il ne croyait pas trop à cette prétendue magie créée par l'homme. Sauf qu'à cet instant, il se rendit compte qu'il s'était complètement fourvoyé… Encore eût-il fallu que son cerveau voulût bien fonctionner normalement pour en être si convaincu. Ce qui n'était, évidemment, pas le cas ! Fasciné, il continuait de la fixer sans pouvoir se détacher de cette couleur verte qui magnifiait ses yeux et dans laquelle il semblait vouloir plonger afin de s'y noyer. Dolly le sortit de son rêve éveillé lorsqu'elle pencha sa nuque d'un côté puis de l'autre, pensant par ce mouvement détendre quelque peu ses muscles engourdis. Mais à cause de son long voyage fait dans une posture désagréable, elle ressentit instantanément de vives douleurs dans tout son corps. Voyant qu'elle se tenait le bas des reins, le comte lui demanda si elle avait besoin d'aide pour prendre ses bagages. Dolly avait tellement mal au dos qu'elle n'aurait pas refusé sa proposition, qu'elle trouva si plaisante. Néanmoins, comme il était prévu qu'elle remonte en voiture, dès que les chevaux seraient changés, elle refusa cette courtoise attention. Ce refus n'empêcha pas le jeune homme de vouloir poursuivre la discussion.

— Est-ce que vous allez loin, Madame ? demanda-t-il, toujours ébloui par son visage et surtout par son regard, tout en espérant qu'elle le contredise sur le titre employé.

— Non ! Je crois que j'ai déjà parcouru la plus grande partie, Monsieur. Je me rends dans le comté du Suffolk, au sud-est du pays, dit-elle en se massant discrètement la nuque. Et… c'est… Mademoiselle…

— Oh ! Mademoiselle… Alors, nous pourrions faire la route ensemble, car c'est là que je me rends moi aussi, mentit-il promptement.

Il trouvait tellement adorable la jeune femme qu'il n'avait pas l'envie de la perdre de sitôt. Ses trois amis avaient même trouvé qu'Anton avait le regard brillant. Ce qui ne lui était plus arrivé depuis presque un an !

Bien qu'Anton se rendît compte que la jeune femme n'était pas en grande forme, sûrement à cause d'un trop long voyage dans une posture ankylosante, songea-t-il, il n'osa pas s'aventurer un peu plus sur ce terrain. Quoique l'envie de lui faire du bien lui démangeât les mains en cet instant. Cependant, pour qui l'aurait-elle pris s'il avait osé lui toucher la nuque en pleine rue ? Et quelle nuque ! Il aurait même préféré y déposer un baiser. Mais cela, non plus, ne se faisait pas ! Il préféra se contenter de se tenir un bras dans le dos et l'autre le long de son corps tout en continuant à converser avec toute la bienséance qui le caractérisait.

— Que diriez-vous, Mademoiselle, d'aller prendre un rafraîchissement ? lui proposa-t-il sans la quitter du regard.

Dolly mit un certain temps à lui répondre, troublée par le gris perçant de ses beaux yeux qui ne la quittaient pas.

— Je vous remercie, Monsieur, mais je préfère rester près du relais de poste. Je ne voudrais pas rater la prochaine voiture.

— Oui, vous avez tout à fait raison, Mademoiselle, rétorqua-t-il avec un sourire. Cela ne vous dérange-t-il pas, Mademoiselle, que j'attende avec vous, également ?

Il était d'une telle politesse qu'elle le trouva charmant.

— Non, bien sûr que non, Monsieur.

Il resta donc auprès d'elle et poursuivit une conversation légère. Là, à cet endroit même où ils se tenaient tous les deux, le comte se sentait heureux. D'ailleurs, il serait bien resté plus longtemps à converser avec elle, si les palefreniers n'avaient pas déjà harnaché entre elles sur la voiture les quatre nouvelles montures. La malle-poste était maintenant fin prête pour un départ imminent, comme l'avisa haut et fort un homme sortant sur le seuil du relais de poste. Dolly s'était détournée du bel étranger pour écouter l'annonce de l'homme, certainement le responsable du relais, au vu de sa tenue marron et de son couvre-chef de la même teinte, le tout galonné de tissu mordoré. Après l'avoir réitérée au moins trois fois, l'homme était retourné derrière son comptoir. C'est à contrecœur que Dolly s'adressa à Anton lorsqu'elle lui fit de nouveau front.

— Je crois bien, Monsieur, qu'il me faut prendre congé de vous, dit-elle d'un timbre de voix aussi léger qu'avait été leur conversation, malgré l'envie de lui déclarer le contraire.

— En effet, fit-il soudain songeur.

C'est avec une idée en tête qu'il accompagna la jeune femme jusqu'à la voiture. Tous les autres passagers étaient déjà installés à l'intérieur. Sans qu'elle ne s'y attende, le comte, après avoir retiré rapidement son gant, se saisit de sa main pour l'aider à monter le petit marchepied. Il déposa sur celle-ci un léger baiser avant de la gratifier d'un superbe sourire lorsqu'elle plongea son regard dans le sien. Il aurait été plus sage qu'Anton relâchât cette main qu'il enserrait toujours dans la sienne. C'est avec quelques difficultés, certes, qu'il s'y obligea ! Sa main chaude effleura lentement avec sensualité les longs doigts fins de la jeune femme. En plein émoi suite à ce geste tendre, Dolly s'installa sur la dernière place qu'il restait, le cœur cognant fortement dans sa poitrine. La voiture s'ébranla doucement tandis qu'Anton s'adressait très rapidement à ses trois compagnons de route. Le cocher eut à peine le temps de faire avancer de quelques mètres ses chevaux que Franz l'apostropha dans un sifflement sonore. Celui-ci tira brusquement sur les rênes des quatre chevaux qui hennirent avant de s'arrêter. Markus s'approcha du conducteur et lui glissa un billet dans la poche en même temps qu'il lui confiait deux mots à l'oreille. Friedrich, quant à lui, récupérait le cheval d'Anton. Dolly passa la tête par la petite fenêtre et fut surprise de voir le bel étranger se diriger vers elle pour ouvrir la porte. Il grimpa ensuite à l'intérieur, tandis que Franz faisait descendre deux hommes par l'autre porte de la voiture. Markus, avant de siffler le cocher, leur donna à chacun d'eux les quelques billets promis. Le postillon lança dans les airs son fouet qui claqua sur la croupe des chevaux tandis que Markus rejoignait ses deux amis.

Dolly avait été surprise par cette interruption, encore que cela la ravît au plus haut point. Le bel homme avait décidé de ne pas reprendre sa route à dos de cheval et s'était installé sur la banquette, juste en face d'elle. Lorsque sur son passage, il lui avait frôlé la main innocemment, Dolly s'était mise à rougir. Ce qui ne l'empêcha pas de le regarder à la dérobée le temps qu'il arrange ses longues jambes. Maintenant qu'ils se faisaient front, elle pouvait profiter de la vue qu'il lui exposait en étant assis à sa hauteur. Dans la rue, quelques minutes plus tôt, elle n'avait pu vraiment bien le regarder tant il lui avait paru herculéen. Elle s'était sentie si petite à ses côtés. Encore que, en cet instant, ce fût toujours le cas !

Le comte était toujours vêtu de sa cape fauve entourée d'une hermine de la même teinte, qui aurait fait rêver toute personne appartenant au sexe féminin. La finesse de la fourrure, associée à sa corpulence, lui donnait un air presque divin. Son corps athlétique semblait être taillé dans le marbre et son visage, frappé de beauté, commandait l'attention. Son regard gris métallique était rempli d'expressions. Souligné par de longs cils noirs, il était rehaussé d'arcades sourcilières allongées qui, étonnamment, l'adoucissaient. Un nez droit, bien prononcé, amenait un certain équilibre dans ce beau faciès. Mais le trait le plus remarquable qu'il avait était sans aucun doute sa bouche, si bien dessinée et sur laquelle un sourire semblait avoir été gravé pour l'éternité. Un menton carré, d'une élégante composition, complétait l'ovale de son visage. Il était indéniablement beau et tous ces petits détails agissaient sur l'appétence de la gent féminine. Dès lors que les femmes posaient les yeux sur lui, elles avaient une envie irrépressible de passer leurs doigts sur ces joues légèrement recouvertes d'une barbe naissante. Et justement, en ce moment même, ce désir venait de happer Dolly et l'envahissait totalement. Elle secoua la tête légèrement pour se remettre les idées en place. Elle se mit à penser aux amis de ce surprenant gentleman en se faisant la réflexion silencieuse que tous trois étaient aussi très beaux et fort bien bâtis. Toutefois, le bel étranger avait une chose de plus qu'eux : une suavité qui émanait de tout son être.

Alors que le comte avait prévenu ses trois camarades qu'ils continueraient leur chemin à dos de cheval pour se diriger vers le Suffolk, leur nouvelle destination, Franz avait payé grassement deux passagers pour qu'ils cèdent à son ami leurs places dans la voiture. Le comte avait décidé tout cela en moins d'une minute lorsqu'il s'était rendu compte qu'il risquait de perdre la jeune femme. Aussi ses trois complices s'étaient-ils mis en branle-bas de combat pour le satisfaire. D'autant plus que la voiture irait moins vite que leurs pur-sang. Ils n'avaient donc eu aucune inquiétude à suivre le plan de leur *maître* : ils pourraient le protéger si, d'aventure, la malle-poste se faisait attaquer par des voleurs de grand chemin.

Le comte fixa Dolly d'un regard laissant entrevoir tout l'attrait qu'il avait pour elle. Cette attention eut pour effet de déclencher des frissons dans tout le corps de la jeune femme. En plein émoi, elle détourna la tête, n'osant plus le regarder, et dirigea son visage vers le paysage qui commençait à défiler à travers la vitre tandis que la voiture cahotait de nouveau. Durant un temps, sans qu'aucun mot ne sortît de leurs bouches, ils devisèrent du regard. Un long temps, même, car après une heure de route, deux passagers quittèrent la voiture. Alors que plusieurs personnes sortaient de celle-ci pour laisser descendre ces deux passagers, le comte en profita pour s'installer au côté de la jeune femme. Si proche que son bras et sa jambe touchèrent ceux de Dolly. La chaleur émanant de ce corps si masculin et imposant électrisa Dolly. Une douce sensation vint alors la saisir comme par enchantement. Des frissons arrivèrent même à lui détendre quelque peu sa nuque toujours endolorie. Elle profita de ce rapprochement pour se délecter du parfum du bel homme : une bonne odeur de savon et une fragrance de musc enivrante. Elle ferma les yeux et la voiture s'ébranla de nouveau. Malgré le cahotement des roues, la douce chaleur qui l'enveloppa la fit sombrer dans un sommeil profond. Elle avait bien essayé à plusieurs reprises de résister aux multiples assoupissements qui l'assaillaient, mais elle était tellement épuisée par ce long périple que sa tête s'inclina doucement avant de venir s'appuyer sur le bras du comte. Il passa aussitôt son bras derrière la jeune femme et l'attira contre lui afin qu'elle ne tombe pas de la banquette. Après plus d'une demi-heure de supplice, à cause d'une douleur *délicieuse* qui lui taraudait le bas du ventre, laquelle s'était instamment déclenchée au contact du corps de la jeune femme pesant sur le sien, il fut soudain pris par l'envie irrésistible de déposer un baiser dans le cou gracile de la jeune femme. Sans pouvoir se contenir plus longtemps et sans réfléchir au geste qu'il s'apprêtait à faire, ses lèvres allèrent à la rencontre de cette peau soyeuse. C'est dans un effleurement qu'il y déposa un léger baiser. L'odeur de la jeune femme le grisa et un petit grognement, qu'elle seule put entendre, s'échappa de sa bouche. Elle sursauta à ce petit bruit et se réveilla tout étourdie, clignant des yeux à cause de la lumière qui pénétrait au travers des petites vitres de la voiture. Anton retira rapidement son bras, mais une brûlure persista sur celui-ci à la suite, sans nul doute, du contact avec le corps de la jeune femme. Gênée, celle-ci se rajusta sur sa place.

— Pardonnez-moi, Monsieur, mais je crois que je me suis assoupie, murmura-t-elle tout près de son oreille.

Cette approche innocente ne fit qu'amplifier les sensations qui le taraudaient déjà.

— Tout le plaisir est pour moi… Mademoiselle ?

— Emma.

— Emma, répéta-t-il dans un murmure avec un superbe sourire qui s'échappa de ses lèvres si prometteuses.

Dolly venait de lui donner son troisième prénom sans savoir quelle raison l'avait poussée à le faire. Les heures s'écoulèrent lentement durant lesquelles Anton se retrouva de nouveau assis en face d'elle, car pour sa survie, il préférait se trouver à plusieurs centimètres d'elle. Tous deux, le corps traversé par d'étranges courants, n'échangèrent que peu de mots, seulement de longs regards. Cette passade silencieuse qui avait commencé quelques heures plus tôt poursuivait son chemin, s'installant durablement entre eux, leur donnant de fortes émotions, des idées folles, des envies inconcevables et une inclination bien plus profonde qu'ils ne se l'étaient imaginée au premier abord. Ce lien invisible fut interrompu pour la troisième fois, lorsque la voiture s'arrêta dans un nouveau relais de poste. Le jour déclinait et le véhicule ne serait pas prêt à repartir avant deux heures à cause d'un problème avec l'un des quatre chevaux de rechange.

Celui-ci boitait avant même d'avoir pris le départ…

En conséquence, Dolly décida de passer la nuit dans une auberge du coin, car elle avait trop mal au dos pour remonter de sitôt dans une voiture. Après avoir transporté le sac de voyage de la jeune femme jusqu'à la devanture d'une auberge, le comte proposa à Dolly de dîner avec lui. Malgré l'envie de se laisser tenter, elle dut décliner l'invitation. La douleur que son dos lui infligeait ne lui aurait jamais permis d'être à l'aise face au jeune homme, et sa nuque la faisait trop souffrir pour qu'elle puisse rester assise sur une chaise, aussi confortable fût-elle, durant tout un repas qui, elle en était certaine, aurait été agréablement long. Quelque peu déçu, il rejoignit ses trois amis qui descendaient de leurs pur-sang tandis qu'un jeune palefrenier se présentait à eux pour récupérer les bêtes épuisées. La jeune femme se dirigea donc seule vers le comptoir de l'auberge et y loua une chambrée pour la nuit sans commander de repas. Son sac de voyage trop lourd à la main, elle monta à l'étage avec difficultés. Finalement arrivée devant le seuil de la porte, elle posa son sac à ses pieds, enfonça la petite clé rouillée dans la serrure et ouvrit la porte dans un grincement de ferraille. Elle récupéra son sac en inspirant fortement, pressée de s'allonger, et referma la porte derrière elle avant de déposer son bagage sur une chaise en paille. Elle l'entrouvrit alors pour en sortir une petite chemise de nuit fine et transparente, qu'elle posa sur l'édredon du petit lit qui lui faisait face. C'était la seule chemise qu'elle possédait et sa transparence ne provenait que de l'usure du tissu. Avant de s'en vêtir, elle se débarbouilla le visage et les mains avec de l'eau fraîche – qu'il y avait sur une petite console –, puis se servit un grand verre d'eau, qu'elle avala comme souper. Maintenant, elle n'aspirait plus qu'à s'allonger et dormir. Elle regarda le petit lit avant de se jeter dessus en poussant un profond soupir. Elle sombra alors dans un sommeil sans images.

Le comte von Kinsky et ses amis avaient terminé leur repas dans le restaurant accolé à la petite auberge. Ils décidèrent de prendre chacun une chambre dans celle-ci afin d'y passer la nuit. Mais bien fâcheusement pour eux, la petite auberge avait été accaparée par les voyageurs qui n'avaient pu reprendre la route à cause du problème de montures, lequel n'avait pu être réglé. L'aubergiste leur annonça qu'il ne lui restait plus qu'une seule chambre vacante. Le comte ne laissa pas à ses trois amis le temps de réagir. Il accepta la chambre et leur demanda d'aller trouver une autre hostellerie.

Ce qu'ils déclinèrent aussitôt !

Ils ressortirent tous les quatre du petit établissement afin de s'en expliquer.

— Anton ! Tu plaisantes ! Si tu crois que nous allons

te laisser seul…

— Oui ! Markus a raison ! ajouta Friedrich en coupant la parole à son ami.

Franz allait ajouter quelque chose, mais Anton mit fin à leur conversation.

— Arrêtez de paniquer ! Il ne m'est jamais arrivé quoi que ce soit et vous ne serez pas bien loin dans le cas contraire. Et je suis un grand garçon, ajouta-t-il en leur souriant.

Ses amis acceptèrent à contrecœur et prirent congé de lui. Ils finirent par trouver trois chambres dans deux autres hostelleries situées à un peu plus de cent pas de là.

Pendant ce temps, leur ami était entré de nouveau dans l'auberge où se trouvait Dolly. À peine eut-il franchi la petite porte de l'établissement qu'il s'adressa à l'aubergiste :

— Voici pour le règlement de la chambre, mon brave !

L'aubergiste lui tendit la clé tout en récupérant dans un même temps les pièces d'or que ce jeune homme, qu'il trouvait bienséant, venait de poser sur son comptoir ciré. Voyant qu'il ne prenait pas congé, le tenancier lui demanda :

— Vous faut-il autre chose, Monsieur ?

Le jeune homme se racla la gorge avant de jeter brièvement un coup d'œil à gauche puis à droite dans la salle bondée de gens qui dînaient. C'est presque dans un chuchotement qu'il poursuivit l'échange qu'il avait avec l'homme.

— Pourriez-vous m'indiquer la chambre dans laquelle se trouve une adorable femme aux yeux vert clair ? C'est une amie ! ajouta-t-il lorsqu'il vit une petite grimace se dessiner sur le visage rondouillard du gérant.

Et tout en lui disant ces mots, il déposa une petite bourse pleine d'argent sur le comptoir qu'il trouvait étonnamment brillant.

Trente secondes plus tard, avec l'information en poche, c'est quatre à quatre que le comte grimpa la volée de marches qui le séparait de la belle Emma. Arrivé devant la porte de la chambre portant le numéro 7, comme le lui avait indiqué l'aubergiste, il suspendit son geste, hésitant encore à frapper dessus. Il n'était pas tôt, mais pas si tard que cela. Pouvait-il alors déranger la jeune femme sans qu'elle ne prenne peur ? Non, il n'y avait aucune crainte de ce côté-là. Elle avait souri à toutes ses paroles. De toute façon, il ne la dérangerait tout au plus que quelques minutes. Juste le temps pour lui de savoir si elle acceptait de reprendre la route, demain, à ses côtés. Oui, il n'y avait donc aucune inquiétude à avoir... Pourtant, il hésita une nouvelle fois à la déranger. Ses pensées lui échappèrent et le regard de la jeune femme vint le troubler. Emma l'avait complètement ensorcelé. Le souvenir de la douceur de sa peau lorsqu'il avait posé ses lèvres sur le dessus de sa main lui fit fermer les yeux. Puis, également, celui qu'il avait abandonné sur sa nuque... Hum, de doux frissons envahirent instantanément tout son corps. C'est alors, sans vraiment s'en rendre compte, qu'il donna trois petits coups sur un coin de la porte. Ceux-ci n'avaient pas dû être assez audibles, car personne ne vint ouvrir. C'est avec le cœur baigné d'émotions qu'il frappa à nouveau sur la porte, un brin plus fort. Il entendit aussitôt, dans la pièce dont il espérait tant voir la porte s'ouvrir sur Emma, une petite voix endormie lui répondre. N'ayant pas compris un traître mot, il murmura ceci, presque pour lui-même tant sa voix était basse :

— Seigneur ! Faites qu'elle m'ouvre…

Et la porte s'entrebâilla sur Dolly, assez pour qu'il l'entrevoie sans qu'elle ne se rende compte de sa tenue *légère*. Il se sentit transporté de joie. Elle aussi, par ailleurs, car elle fut agréablement surprise de se retrouver nez à nez avec le bel homme qui lui avait donné quelques saisissements, deux heures plus tôt. Se tenant courbée devant lui, une main posée sur les reins, Dolly essaya de se redresser. Mais au cours de cette tentative, une douleur, qu'elle ne put taire, lui déchira le dos. Tandis que le comte admirait les courbes de la jeune femme au travers de sa chemise de nuit qu'il trouvait indécente et tant à son goût, car elle ne dissimulait presque rien de ce corps délicieux, il releva brusquement la tête lorsqu'il entendit ce cri s'échapper de sa bouche si pulpeuse.

— Que vous arrive-t-il, Emma ? demanda-t-il, inquiet.

— Oh… Je crois que je me suis coincé le dos. Mon Dieu, que j'ai mal ! s'exclama-t-elle.

— Retournez vous coucher, je reviens tout de suite !

Son ton était autoritaire, et malgré la douleur qui la cinglait, la voix du jeune homme lui fit parcourir des frissons agréables au creux du ventre.

À peine cinq minutes plus tard, et sans frapper à la porte cette fois-ci, il l'ouvrit et pénétra dans la chambre. Dolly s'était recouchée et semblait souffrir horriblement. Il lui servit dans un premier temps un verre d'eau, dans lequel il rajouta quelques gouttes de laudanum qu'il avait toujours dans ses bagages.

Cette médication lui avait été prescrite par un médecin anglais lorsqu'il avait passé plusieurs nuits sans fermer l'œil, cogitant à toute heure, ne trouvant pas de réponse à l'échec de sa vie et revoyant sans cesse Miss Karolina préférer Dieu à une vie rangée à ses côtés, remplie d'amour et d'enfants. Malgré ces pensées tortueuses, il n'avait pas suivi cette prescription. Le flacon de laudanum était alors resté intact avec tout son contenu, bien que l'année qu'il venait de passer lui eût été fort pénible.

Le comte s'approcha de Dolly en s'accroupissant près du petit lit et tout en conservant dans sa main le verre, il commença à lui en faire boire quelques gorgées. Dolly grimaça aussitôt, mais il insista pour qu'elle le termine. Il se débarrassa du verre vide tandis que Dolly se rallongeait sur le ventre avec douleurs. Il n'attendit que quelques minutes avant d'entendre la respiration de la jeune femme s'apaiser jusqu'à devenir régulière. Pendant ce temps, il s'était saisi d'un petit sac de cuir qu'il avait toujours dans ses bagages, et en avait sorti différents onguents qu'il avait disposés sur la table de nuit située près du lit. Il contempla le corps de Dolly complètement immobile et des pensées sensuelles l'envahirent. Il secoua légèrement la tête comme pour les chasser tout en se saisissant du bas de la chemise de nuit de la jeune femme, en vue de la relever. Bien que Dolly fût un poids plume, il dut tirer un petit peu dessus pour la dégager. Seulement, le tissu trop fin se déchira comme du papier à musique, dévoilant une longue culotte bouffante en coton dans lequel un magnifique corps était logé. Néanmoins surpris par ce drôle de pantalon de lingerie qu'il voyait pour la première fois, il ressentit instantanément un besoin primaire agacer le bas de son ventre.

— Tu n'es pas là pour cela ! se dit-il dans un petit grognement.

C'est avec grande difficulté qu'il réussit à se ressaisir. Il attrapa le premier pot d'onguent et commença à masser le dos de la jeune femme, puis sa nuque gracile. Dans son assoupissement, elle soupirait d'aise, n'arrangeant en rien les idées qui fusaient dans la tête du comte.

— *Seigneur ! Aidez-moi !* pria-t-il en silence.

Il se saisit d'un deuxième pot qu'il ouvrit afin de mettre une noisette de ce baume parfumé dans sa paume avant d'en badigeonner les reins de Dolly. Soudain, son érection se décupla et c'est avec difficulté qu'il resta assis.

— *Diantre !* jura-t-il en silence. *Que Vous ai-je fait pour*

Il n'avait jamais abusé d'une femme et celle-ci ne serait pas la première. Mais, Dieu ! Qu'il avait envie d'elle !

Lorsqu'il la bascula sur le dos, afin de masser ses flancs, le reste de sa chemise de nuit n'en supporta pas plus. Elle se déchira entièrement, lui restant entre les mains. Il se retrouva face à une poitrine d'un beau volume, d'une rondeur parfaite et d'une beauté surprenante. Une petite sueur envahit son front aussitôt et des palpitations accélérèrent les battements de son cœur. Il se leva de son siège comme si quelque chose venait de lui piquer le séant. Il fit quelques pas dans la pièce avant de se servir un grand verre d'eau fraîche qu'il avala d'une traite. Il se rassit, difficilement, certes ! Mais décida de poursuivre ce qu'il avait commencé ! Il attrapa le troisième pot d'onguent et après avoir frotté ses mains l'une contre l'autre, il commença à masser les côtes de la jeune femme en remontant sous sa poitrine en prenant soin de ne pas la toucher. Elle soupira profondément, ce qui amplifia ses sueurs frontales. Il décida de s'en tenir là et la recouvrit avec l'édredon qui se trouvait au pied du lit. Il récupéra ensuite son sac d'onguents en jurant et retourna dans sa chambre, un plaisir évident déchirant son entrejambe. Il ne lui était jamais rien arrivé de la sorte.

Jamais !

Même Miss Karolina ne lui avait jamais fait cet effet !

En se faisant cette réflexion, il se rendit compte que la douleur dans sa poitrine – celle-là même qui ne l'avait pas quitté depuis des mois – s'était volatilisée sans qu'il ne sache, exactement, à quel moment. Il se lava les mains tout en ne trouvant pas de réponse à cette question.

L'esprit bien trop occupé par des images étourdissantes, il s'allongea sur son lit tout habillé. Mais il fut incapable de fermer l'œil. Qui plus est, il n'avait pas verrouillé la porte de la chambre de Dolly pour ne pas l'enfermer à l'intérieur. Cela ne l'inquiéta pas outre mesure, puisque leurs chambres étaient mitoyennes. Il était donc certain d'entendre le moindre pas qui s'y ferait. D'ailleurs, il comptait tout de suite le vérifier. Confiant, il se releva de sa position et prêta l'oreille. Comme il n'entendit aucun bruit, il se déplaça jusqu'au mur commun avant d'y apposer son oreille. Cependant, il n'y avait toujours aucun bruit de l'autre côté. Nerveux, il se détourna et rechercha ce qu'il pourrait faire, car il se sentait bien trop agité pour dormir. Il décida alors d'ouvrir son bagage pour se saisir d'un ouvrage qu'il avait acheté quelques jours plus tôt. « Cet auteur est réputé chez nous et je vous garantis qu'il vous divertira comme jamais ! » lui avait clamé comme une évidence le libraire.

C'est donc avec *La Tempête*, pièce de théâtre notoire en Angleterre autant que son auteur William Shakespeare, que le comte s'allongea sur son lit et il commença à essayer d'en lire un passage. Dès son plus jeune âge, il avait suivi des cours de langues étrangères et son anglais était parfait. Pourtant, il avait beau relire pour la quatrième fois les premières lignes, il n'en comprenait toujours pas le sens. Le *tourment* de son entrejambe distrayait bien trop son esprit...

Au bout de deux heures, il réussit enfin à s'assoupir avant que le bruit d'un craquement de plancher en bois ne le réveille. Quelqu'un se déplaçait dans la chambre d'à côté. Il se leva et colla à nouveau son oreille contre le mur. Il entendit la belle Emma se servir un verre d'eau, et sûrement le boire avant de se recoucher. Au bout de plusieurs longues minutes, durant lesquelles il n'entendit plus rien, il se rassit sur son lit, des pensées confuses en tête. Quinze minutes de plus s'écoulèrent durant lesquelles, tout en tournant en rond dans la pièce, il souhaita se rendre dans la chambre de *sa* belle Emma, mais hésitant tout à la fois. C'est le cœur battant qu'il décida d'aller voir si tout allait bien chez la jeune femme. Ne voulant pas la réveiller encore une fois, il ouvrit la porte doucement et pénétra sans bruit dans la pièce. Il s'aperçut que le lieu bénéficiait de l'éclairage de la lune.

En fin de compte, Dolly s'était couchée sans tirer les rideaux de la petite ouverture murale et lui-même n'y avait pas pensé lorsqu'il avait quitté la pièce. La lumière lunaire rendait toute sa beauté naturelle à la jeune femme. Il s'approcha d'elle et ôta une mèche de ses cheveux qui s'était égarée sur son visage. Comme elle ne bougea pas, il fut tenté de déposer un léger baiser sur son front. Il se pencha sur elle... Avant de se raviser sans bouger...

— *Ne fais pas cela,* se convainc-t-il en silence. *Elle ne t'a pas autorisé...*

Au même moment, Dolly s'étira et il se retrouva avec les lèvres de la jeune femme collées aux siennes. Elle ouvrit les yeux, mais, sans savoir du reste pourquoi, elle ne ressentit aucune peur tandis que son cœur cognait pourtant à foison dans sa poitrine. Sa présence lui semblait tellement naturelle et en même temps si évidente, qu'elle ne put s'en offusquer.

Toutes ces heures passées ensemble dans la voiture de poste les avaient déjà unis d'une certaine façon à leur insu...

Le comte se détacha doucement de ses lèvres et plongea son regard dans le sien avec un magnifique sourire.

— Bonjour, dit-il dans un murmure, la voix rendue rauque par l'émotion qui l'habitait.

— Bon... jour, rétorqua-t-elle taquine.

Ils continuèrent à se fixer pendant quelques longues secondes, le jeune homme hésitant encore à rapprocher son visage du sien.

— Quel est votre prénom ? demanda-t-elle en lui rendant son sourire tout en conservant son regard plongé dans le sien.

Il approcha ses lèvres de son oreille tout en lui effleurant la joue.

— Anton.

Il esquissa à nouveau un sourire tout en la fixant de

son regard métallique. Ce murmure donna à Dolly tout un tas de frissons qui eurent pour effet de la faire trépider légèrement. C'est avec ses belles prunelles vert clair rendues encore plus brillantes par cet agréable trouble, qu'elle répéta son prénom avec une telle sensualité qu'elle s'en trouva aussi étonnée que lui, resté assis au bord du lit. Il osa, de ce fait, se rapprocher considérablement d'elle. La tentation était à son plus fort degré. Sans arrêter ce mouvement, il approcha son visage au plus près du sien et s'aventura si lentement vers ses lèvres en les frôlant à peine avec les siennes que Dolly se sentit défaillir. Aucune hésitation ne vint envahir Anton lorsqu'il déposa, volontairement cette fois-ci, ses lèvres sur celles de Dolly qu'il trouvait pleines et qui appelaient tant les baisers. Ressentant aussitôt la chaleur suave de sa bouche, Dolly poussa un petit gémissement. Anton y vit là un encouragement suffisant pour poursuivre avec ardeur. Il ne lui fallut que quelques secondes pour forcer la barrière de ses dents pour investir sa bouche. D'abord timide, Dolly s'ouvrit à ce contact. Sa langue accepta le ballet doux que celle d'Anton lui proposait, s'apprivoisant à chaque tour jusqu'à s'accorder sur un rythme langoureux.

Dolly n'avait jamais été embrassée avant cet instant, et si ses idées avaient été plus claires, elle aurait certainement eu des regrets de ne pas s'y être prêtée plus tôt. C'était tellement plaisant qu'elle ne put retenir un petit gémissement qui fit écho à celui qui s'échappa des lèvres d'Anton. Tout en accaparant sa bouche, Anton laissa vagabonder ses mains sur ce magnifique corps qu'elle lui offrait sans retenue.

La raison, soulignée de bienséance, aurait pu rappeler à Dolly qu'une jeune femme ne se laissait pas lutiner par un homme tant qu'elle ne lui était pas unie par les liens sacrés du mariage. Ce qu'elle savait parfaitement, même si elle ne considérait pas, avec fourvoiement, faire partie de la caste qui devait préserver à tout prix son innocence pour son futur époux. Bien que pour s'en rappeler eût-il fallu qu'elle puisse penser en cet instant ! Seulement, devenue orpheline à la mort de sa mère, elle n'avait plus eu personne, hormis Betsy, à qui s'attacher vraiment. Encore que la relation qu'elle avait avec sa cameriste ne fût en rien comparable avec celle qu'elle aurait pu avoir avec une sœur, si elle en avait eu une... Il y avait si longtemps qu'on ne lui avait pas prêté autant d'attention, comme cet homme le faisait en ce moment. Si longtemps qu'elle n'avait pas été le centre pour une personne, qu'elle voulait se souvenir de ce que cela faisait vraiment de compter pour quelqu'un avec ferveur. Elle avait soudain besoin de savoir qu'elle pouvait s'attacher le cœur de cet homme, même si ceci n'avait aucun sens, ici, et ne serait plus qu'un souvenir le lendemain. Mais l'avait-elle choisi ou bien était-ce l'œuvre de Cupidon ? A priori, il lui avait lancé une de ses flèches en argent et l'avait atteinte en plein cœur, au moment même où Anton avait posé les yeux sur elle la toute première fois. Alors, si elle devait un jour perdre ce qu'elle avait de plus cher, ce serait avec cet homme, car c'était ainsi que son corps en avait décidé pour elle.

Anton lui caressa un sein de sa main, tandis que de l'autre, il maintenait sa nuque pour mieux se fondre dans sa bouche. Dolly avait l'impression que son enveloppe charnelle prenait vie pour la toute première fois. Pourtant, lorsqu'elle se cognait, sa peau réagissait bien à ce contact déplaisant. Mais là, la sensation était tout autre… Sa peau commençait à se consumer sous ses caresses. Elle semblait se souvenir des massages que ces chaudes et douces mains lui avaient dispensés quelques heures plus tôt. Sans qu'elle ne puisse les contrôler, des frissons intensifs se propagèrent dans son corps n'épargnant aucun *pouce* de sa peau. Sa poitrine répondit à ces gestes suaves en se mettant à poindre aussitôt. Le corps d'Anton, déjà envahi d'un désir incommensurable depuis qu'il avait plongé la première fois ses yeux dans les siens, se gorgea lui aussi d'un désir foudroyant. Quant à Dolly, elle ne semblait plus vraiment savoir où elle se trouvait tant elle se sentait enivrée d'un bonheur insoupçonné. Soudain, le corps enflammé, elle se trouva envahie d'une certaine hardiesse. Elle osa alors lui ôter son foulard noué à la Byron avant de s'attaquer à son gilet aux multiples boutons d'or. Bien que ce soit pour elle la première fois qu'elle s'attelait à ce genre de tâche, elle ne s'arrêta pas là. Elle défit avec une grande lenteur, chaque bouton en nacre qui embellissait sa chemise immaculée et toute soyeuse, plongeant ainsi Anton dans un grand tourment. Elle tenta de lui dégrafer son pantalon, mais se déroba, trop hésitante et pas aussi dégourdie qu'elle en avait l'air, finalement en cet instant. Anton s'en chargea aisément tout seul. Dépossédé de tous ses vêtements, il se retrouva aussi nu que le jour de sa naissance. Son corps vibrait d'une force méconnue, presque douloureuse, comme jamais cela ne lui était arrivé auparavant. Il s'allongea sur Dolly qui, à la suite du mauvais traitement que sa chemise de nuit avait subi quelques heures auparavant, était uniquement parée de sa longue culotte de coton, bordé d'un ruban de soie rose. Des vagues de sensations et d'ivresse les emportèrent au moment même où leurs corps se touchèrent dans un contact brûlant. Ils s'embrassèrent plus intensément, se cherchant des mains, enlaçant leurs jambes dans des caresses pressantes, un tourment au ventre invoquant l'union imminente de leurs corps. Cependant, Anton voulait faire durer le plaisir qui les enrobait. Il se détacha de sa bouche et tout en papillonnant quelques baisers, il trouva la peau tendre de son cou. Il continua de la sorte à cheminer jusqu'au renflement d'un sein. Là, trouvant une petite pointe érigée, il la prit en succion tandis qu'une vague de plaisir déferlait dans le corps de Dolly, lui faisant pousser un petit cri de sublimation. Il joua encore quelques minutes avec avant que Dolly attrape entre ses mains la tête d'Anton qui remontait vers sa bouche. Une danse folle s'engagea de nouveau entre leurs langues avant qu'Anton ne reparte explorer ce corps si parfait. Il déposait un baiser à chaque mouvement qu'il faisait. Lorsqu'il se trouva à la barrière du petit ruban de soie, de cet étonnant vêtement qui la recouvrait de sa féminité jusqu'à ses genoux, il passa un petit coup de langue dessus afin de l'attraper entre ses dents. Il releva légèrement la tête pour dénouer le nœud qui se délia aussitôt. D'une main habile, il lui retira ce petit linge adorable afin d'avoir accès à son bouton de rose. Alors qu'il le butinait tendrement de sa bouche, celui-ci se noyait déjà dans un nectar qu'il savoura alors, avec délice…

Quoique surprise, Dolly retint la tête d'Anton sur sa féminité, le suppliant de ne pas s'arrêter. Plus il la dévorait, plus elle se consumait, jusqu'au moment où elle se mit à vibrer, prise de secousses toutes nouvelles pour elle. Une ivresse l'envahit jusqu'au plus profond d'elle-même tandis qu'Anton reprenait sa bouche dans un baiser passionné.

Bien sûr, à aucun moment, il ne se posa de questions sur la virginité de la jeune femme ! Elle semblait avoir déjà dévêtu un homme, ce qui ne l'inquiéta pas lorsqu'il s'inséra dans son antre de pureté, d'une seule poussée. Elle laissa échapper un cri étouffé, mais il avait déjà compris ce qui venait de se passer. Figé sur place en écarquillant ses yeux gris au maximum, il s'écria :

— Mon Dieu, Emma ! Vous êtes vierge !

— *J'étais,* serait plus juste ! lui signifia-t-elle avec une grimace. Je vous en prie, ne bougez plus, demanda-t-elle en serrant les dents.

— Non ! Je vais me retirer ! Qu'ai-je fait, nom de Dieu ? se mit-il à grommeler après lui-même tout en s'appuyant sur ses avant-bras pour se retirer.

— Non ! Restez, je vous en prie ! S'il vous plaît... gémit-elle tout en le retenant dans ses bras fermement.

Il plongea alors son regard dans le sien et déposa quelques doux baisers sur son visage avant de s'emparer de sa bouche pour la gratifier d'un baiser passionné. Et long. Très long. Lorsqu'il sentit le corps de la jeune femme se détendre, il se fondit en elle dans des va-et-vient tendres. Son antre, encore innocent quelques minutes plus tôt, commençait à l'accepter. Tout en possédant la jeune femme avec tendresse, il continua de l'embrasser. La cadence des à-coups que son corps lui dispensait allait au même rythme que ses baisers, doux et langoureux, avant de s'y enfoncer plus profondément dans un tempo qui la remplit d'un vertige exaltant et totalement ignoré avant cet instant. Son ventre s'enflamma, se remplissant d'une myriade de sensations tandis que son intimité rencontrait pour la première fois le plaisir, malgré son âge.

Dès lors qu'il la sentit vibrer entre ses bras, il la laissa *dévorer* toute cette félicité enivrante avant de recommencer à se mouvoir en elle. Elle se sentit envahie par ces nouvelles vibrations, et ce, à plusieurs reprises. Anton la laissa profiter de chacune d'elles tout en la regardant se magnifier sous ses yeux gris ressemblant à du métal en fusion. Lors d'une dernière poussée, il se laissa aller avec elle atteignant lui aussi, avec un sentiment de paix, les régals de cette union. Ils arrivèrent ensemble dans une explosion de joie et de sentiments profonds jamais ressentis avant cet instant. Dans ce ravissement inconcevable, ils restèrent enlacés pendant un long moment. Anton se délaça de ses bras pour mieux la maintenir. Mais alors qu'il replaçait le drap de lin sur eux, il aperçut sur lui le sang de la jeune femme. Il se sentit soudain gêné. Il se releva pour s'asseoir, toujours auprès d'elle, et lui caressa le visage tout en essayant de s'excuser de la douleur qu'il venait de lui faire subir. Avant ce jour, il ne s'était jamais saisi de l'innocence d'une femme et ce sang qui la maculait le plongeait dans l'embarras et le mettait mal à l'aise.

— Je suis honteusement navré, Emma. Si j'avais su, je ne vous aurais jamais…

— Ne regrettez rien ! l'interrompit-elle en mettant sa main délicatement sur la bouche de l'homme qui venait de lui apporter une allégresse, dont elle n'aurait jamais soupçonné l'existence. Je vous en prie ! C'était magique !

Et elle rajouta tout en rougissant fortement :

— Même s'il est vrai que j'ai ressenti une forte douleur… Mais celle-ci est supportable, maintenant. Dans tous les cas, mon dos ne me fait plus mal, rétorqua-t-elle avec un petit sourire espiègle.

— C'était magique pour moi aussi, avoua-t-il.

Lui rendant le même sourire, Anton se pencha de nouveau vers elle afin de l'embrasser tendrement.

— Je vais vous laisser vous débarbouiller et je reviens dans quelques minutes. J'occupe la chambre d'à côté, ajouta-t-il avec un large sourire en inclinant son doigt vers le mur mitoyen de leurs chambres.

Il ramassa ses affaires et se vêtit juste de son pantalon. La main posée sur la poignée de la porte, il fit un demi-tour et s'approcha de Dolly. Elle était toujours allongée dans le petit lit. Il se pencha et déposa un baiser bref sur ses lèvres avant de la gratifier d'un magnifique sourire qui lui fut rendu. Heureux, il finit par sortir de la chambre en laissant la jeune femme abreuvée de félicité.

Lorsque Dolly se leva pour aller se laver, elle s'admira au passage dans le petit miroir apposé au mur. Elle remarqua que ses yeux luisaient comme les mille facettes d'une pierre précieuse, rendant son visage encore plus attirant. Elle ne reconnaissait pas celui-ci qui révélait le reflet d'une femme comblée d'un plaisir encore présent. Elle souriait sans pouvoir contrôler ses lèvres et lorsqu'elle entreprit de nettoyer son entrejambe, elle ressentit de nouveau toutes ces nouvelles vibrations qui s'étaient emparées de son corps et qui continuaient de l'envahir. Sans perdre son sourire, elle attrapa sa chemise de nuit qu'elle venait enfin de retrouver. Malgré l'état dans lequel se trouvait celle-ci, elle avait été pliée soigneusement et déposée à l'intérieur de son petit sac de voyage, resté entrouvert. Dolly l'avait recherchée lorsqu'elle s'était réveillée quelques heures plus tôt, mais n'avait pas pensé à regarder dans son sac. Avec un petit rire nerveux, elle la laissa tomber à ses pieds en se disant qu'elle ne lui servirait plus à rien, maintenant. N'ayant pas d'autres chemises, elle se revêtit simplement de sa culotte avant de retourner se coucher dans son lit. Elle posa son visage sur l'oreiller, exactement là où Anton avait posé sa tête et huma le reste des effluves de son parfum. Avec un sourire aux lèvres, elle ferma les yeux et s'endormit paisiblement.

Anton se lava également et revint la rejoindre un peu plus tard, ayant préféré lui laisser le temps de se nettoyer. Remarquant qu'elle s'était rendormie, il s'approcha du lit avec un petit sourire affectueux et comptait bien s'allonger à ses côtés. Soudain, Dolly se retourna sur le ventre, se retrouvant ainsi au beau milieu du petit lit étroit. Comme Anton ne souhaitait pas la réveiller, il retourna dans sa chambre. Pour la première fois, depuis fort longtemps, il s'endormit profondément.

L'heure du déjeuner sonnait presque lorsqu'il se réveilla. Il retrouva ses amis qui l'informèrent que la jeune femme avait quitté les lieux depuis trois bonnes heures. Une contrariété envahit aussitôt Anton qui se fâcha après eux, de n'être pas venus le réveiller.

— Anton, tu ne peux nous reprocher cela ! C'est la première fois depuis des mois que tu dors ! Crois-tu que nous nous serions risqués à venir te réveiller, Franz aussi bien que Friedrich, ou que moi-même ?

Anton grommela quelques mots incompréhensibles avant de s'excuser auprès de ses trois amis. Ils récupérèrent leurs montures, reprirent leur route et essayèrent de retrouver la trace de la jeune femme.

Anton ne savait pas quelle route *son* Emma avait pu prendre, même s'il connaissait la direction à suivre : le comté du Suffolk. Toutefois, avec un territoire aussi vaste, et sans lieux précis, il n'était pas rendu !

Faisant trotter son pur-sang, il repensait à cette nuit passée. Il s'était laissé aller dans les bras de cette jeune femme et elle en avait fait de même en lui offrant ce qu'elle avait de plus cher. Ce n'était pas la première femme qu'il mettait dans son lit. Toutefois, ces autres femmes ne pouvaient prétendre à un mariage, car, soit elles l'étaient déjà, soit elles faisaient partie des femmes de joie. Mais, là, c'était la première femme qu'il déflorait. Et qu'elle soit vierge ou pas n'avait pas compté sur l'instant, car il la voulait pour lui et lui seul. Pour toujours !

Lorsqu'il était revenu dans la chambre de *son* Emma, il était décidé à la demander en mariage. Il était prêt à l'épouser, quelle qu'elle soit, de rang noble ou pas. Ce détail était insignifiant pour lui et, d'ailleurs, il n'en avait cure ! D'autant qu'il était certain qu'elle n'avait jamais été une femme de joie… Cependant, à cause de sa perte, il se définissait maintenant tel un débauché. Un titre de libertin dont on ne l'avait jamais affublé. Et s'il ne la retrouvait pas, il n'arriverait plus jamais à se regarder en face !

Dolly, quant à elle, avait quitté l'auberge à l'aube et avait entretemps changé par deux fois de voiture et également de route parce que s'il y en avait plusieurs pour se rendre dans le Suffolk, il n'y en avait qu'une seule pour se rendre à Kentwell Park.

Ce qu'Anton ignorait.

Malencontreusement, il ne retrouva pas la trace de la jeune femme qui venait de lui ravir le cœur. C'est complètement bouleversé qu'il passât en vain les jours suivants à sa recherche…

Chapitre 3

Vendredi 20 juillet 1810, comté du Suffolk, Ipswich

Dolly arriva comme prévu chez Mr Hambleton. Ni trop tôt ni trop tard, malgré un voyage éreintant. L'enquêteur, sans prendre de gants, lui annonça d'emblée que lord Henry Grey était bien vivant et souhaitait s'entretenir au plus tôt avec elle. Il ajouta, lorsqu'elle commença à le questionner, qu'il n'avait pas été autorisé à lui donner de plus amples informations.

Dolly se rendit donc à Kentwell Park afin d'obtenir les explications pour tout ce chemin qu'elle venait de parcourir, sans raison apparente puisque le duc de Clarence était toujours en vie.

Durant le trajet – plutôt long à son goût –, elle eut le temps de repenser à sa rencontre avec Anton. Dix jours s'étaient déjà écoulés depuis cette nuit magique passée avec lui. Pourtant, dès qu'elle y repensait, ses yeux luisaient d'une brillance particulière et son cœur battait à un rythme fou, quoiqu'un peu douloureux.

Elle fut tirée de sa rêverie lorsque le conducteur du fiacre – que Mr Hambleton s'était obligé à réserver pour elle – immobilisa son véhicule devant le pavillon du gardien. Dolly en profita pour admirer les lieux. Le parc et ses jardins d'agrément étaient majestueux et la demeure, même de loin, était magnifique avec ses pierres blondies par les rayons du soleil. Après quelques échanges de mots avec le gardien, celui-ci les laissa traverser le grand portail de l'entrée du palais de Kentwell Park. Il fallut encore plusieurs minutes à la voiture pour parcourir la longue allée principale bordée de platanes qui partageait en deux un parterre tapissé de fleurs multicolores. Des miroirs d'eau embellissaient ces étendues de verdure soigneusement taillées. En approchant de l'entrée, des statues étaient posées, ici et là, amenant un certain charme aux lieux.

Le cocher arrêta finalement ses chevaux au pied du perron. À peine Dolly posa-t-elle le pied dans les graviers de marbre qu'elle fut accueillie froidement par le majordome. Sur un ton qu'il voulut sec, il lui demanda de patienter dans le hall d'entrée et s'en alla dans le bureau de son maître le prévenir de cette arrivée saugrenue.

Lorsque le duc entendit le nom de sa visiteuse, il intima à son majordome de la faire patienter dans le petit salon d'été et de lui offrir une collation au plus tôt. Bien sûr, le ton de cet ordre ne souffrait aucune contestation !

Le majordome se retira discrètement dans une courbette, la bouche pincée d'être rabroué de la sorte, à cause d'une jeune personne qui ne semblait pas faire partie des hautes sphères, mais plutôt de la catégorie du personnel de maison.

Après avoir lancé cet ordre, lord Henry remonta dans ses appartements et sonna son valet de pied. Deux minutes plus tard, George lui rajustait sa tenue et le parfumait de nouveau. Le duc se sentant enfin présentable, il redescendit pour aller à la rencontre de cette *chère* parente.

— Sa Grâce, lord Henry Grey, cinquième duc de Clarence ! annonça d'une voix forte Mr Parker, après avoir ouvert l'une des deux portes du salon.

Dolly sursauta et se releva rapidement de son assise en manquant de renverser sa tasse de thé.

— Ma chère enfant, soyez la bienvenue dans mon foyer ! fit le duc lorsqu'il pénétra dans la pièce en se dirigeant vers elle, d'un pas tremblant.

— Bonjour, Votre Grâce, répondit-elle, sans savoir quoi ajouter, tout en restant figée devant le sofa sur lequel le majordome l'avait priée de s'installer.

— Rasseyez-vous, mon enfant, je vous prie. Avez-vous goûté les petits biscuits au chocolat ?

Et tout en lui disant ces mots, il fit signe à son majordome d'agir en conséquence. Bien entendu, il n'était pas question pour lord Henry de s'adresser directement au tout petit personnel ! L'homme s'exécuta aussitôt.

Avec un air supérieur, il s'adressa à la bonne postée silencieusement dans un recoin du salon, attendant les ordres que l'on ne manquerait pas de lui donner.

La domestique se précipita vers la petite table sur laquelle elle s'empara aussitôt d'une jolie pince en argent. Avec celle-ci, elle entreprit – les mains tremblotantes – de mettre dans la petite coupelle en porcelaine fine plusieurs petits biscuits. Le temps qu'elle y arrive, pas un mot ne vola dans les airs de la pièce. Avec quelques sueurs frontales, elle déposa ensuite la coupelle à côté de la tasse de thé qu'elle avait servie à Dolly, une vingtaine de minutes plus tôt. Pendant tout ce temps, le duc avait dévisagé la jeune femme qui laissait entrevoir à la bonne un air de compassion. Lorsqu'elle lui sourit tout en la remerciant, il la trouva alors d'une grande beauté.

— *Nul doute !* songea-t-il, car pour lui, elle ne pouvait qu'appartenir à la branche des Grey.

La bonne se retira discrètement, suivie par Mr Parker qui referma silencieusement la porte derrière lui avant de se poster devant, tel un garde du corps.

— Pourriez-vous me dire, Votre Grâce, pourquoi je me trouve ici, convoquée par le biais d'un enquêteur privé ? demanda poliment Dolly tout en cassant en deux un petit biscuit qui lui faisait envie.

— Je sais que cela peut vous paraître bizarre, mon enfant ! Mais, voyez-vous, je n'ai point de descendance directe. Ni fratrie ni oncle ou toute autre personne qui pourrait hériter de mes biens. Aussi, j'aurais pu me remarier pour avoir cette descendance, mais je n'ai jamais trouvé d'égale à ma défunte épouse… Jusqu'à présent, ajouta-t-il en la fixant d'un regard lubrique.

Sur ces dernières paroles, Dolly se sentit mal à l'aise et se mit à rougir fortement. Venait-elle bien d'en comprendre le sens ou y avait-il une autre explication à sa présence ici ?

— Monsieur le Duc, je n'ose bien comprendre pourquoi vous avez souhaité me rencontrer, moi, une petite provinciale, demanda-t-elle en avalant une lampée de son thé tant sa gorge lui semblait sèche tout à coup.

— J'ai un marché à vous proposer, mon enfant, et sachez qu'à mes yeux, vous n'êtes pas une petite provinciale, croyez-moi !

— Un marché ! s'exclama Dolly, en reposant sa tasse dans un petit tintement de porcelaine.

— Oui, jeune dame ! Un accord si vous préférez. Épousez-moi, et tout ce que vous voyez ici et bien plus encore vous appartiendra, et ceci, même après ma mort.

— Sans vouloir vous offenser, Votre Grâce, vous avez plutôt l'âge d'un vieux parent et non d'un futur mari, fit remarquer la jeune femme dont le rouge qui lui brûlait les joues s'étalait à présent sur son cou, alors que son mal-être allait en grandissant dans tout son corps.

— Croyez bien que je le sais ! Cependant, épousez-moi et donnez-moi un fils, et tous vos problèmes seront réglés ! s'exclama-t-il en se rapprochant d'elle sur le sofa.

Lord Henry s'était renseigné sur la jeune femme

lorsqu'il avait appris leur lien de parenté. Il savait donc qu'elle était très belle, sans le sou, et qu'elle habitait un domaine en ruine qui ne valait rien du tout. Mais surtout, même si cela s'était sans doute fait par le biais de plusieurs unions, elle faisait partie de sa famille. C'est ce que Dolly avait découvert alors qu'elle pensait se nommer *Dolly Lucy Emma Green*. Elle s'appelait en fait, *Dolly Lucy Emma Grey*. Elle l'avait appris lorsqu'elle avait lu le petit livre de ses ancêtres qui mentionnait le nom des Grey sur plusieurs générations. Pour quelle raison celui-ci avait-il été modifié au niveau de son grand-père paternel, elle n'en savait bigrement rien !

— Réfléchissez à ma proposition, jeune dame ! Prenez deux jours, s'il le faut, avant de me donner votre réponse.

En apercevant son visage blême, il ajouta :

— Je crains que vous n'en ayez point d'autres du même acabit au cours de votre vie, dit-il en se relevant du sofa. Une chambre à l'étage a été préparée pour vous. Reposez-vous-y et rejoignez-moi ce soir dans le grand salon, pour le dîner !

Sans un mot de plus, il quitta la pièce, laissant Dolly dans un profond désarroi. Mrs Jennings arriva alors, suivie d'une jeune bonne. Toutes deux saluèrent la jeune femme avant de l'emmener dans ses nouveaux appartements. Dolly leur dit qu'elle ne resterait pas assez longtemps pour être chez elle, mais l'intendante fit claquer sa langue dans sa bouche avant de lui conseiller de ne pas se précipiter dans la réponse qu'elle donnerait au duc, deux jours plus tard. A priori, tous les membres du personnel étaient déjà au courant de la raison de sa venue parmi eux.

Durant le dîner servi dans la plus grande salle à manger, tout le monde fut aux petits soins avec elle. Même Mr Parker qui l'avait reçue si impoliment ! Dolly et lord Henry se faisaient face en silence, assis chacun à un bout de l'imposante table. Sur celle-ci – d'une longueur incroyable et confectionnée dans un unique tronc de chêne –, se trouvait disposée une multitude de victuailles appétissantes. Pourtant, Dolly ne toucha presque pas à celles qui lui avaient été servies dans son assiette. Soudain, la sortant de ses pensées, le duc s'adressa à elle, tout en levant son verre de vin.

— Ma chère enfant, j'espère que ce repas vous sied. Avez-vous goûté à ce délicieux vin ? C'est un Valpolicella ! s'exclama-t-il. Un vin italien si vous préférez, argumenta-t-il en avalant son verre d'une traite sans lui avoir laissé le temps de répondre.

Alors qu'elle allait poursuivre la conversation qu'il venait de lancer, elle retint ses mots et l'observa en silence. D'une intonation froide, il s'adressa alors à Mr Parker, lui intimant de le resservir en vin. Le majordome lui remplit instantanément son verre en cristal avant de retourner à sa place, près du long buffet, en attendant le prochain ordre que son maître ne manquerait pas de lui donner.

Lord Henry fixa Dolly et pour toute réponse, elle lui présenta son verre qu'elle porta ensuite à sa bouche pour n'en boire qu'une seule gorgée. Toutefois, elle était bien d'accord avec lui. Ce vin était délicieux ! Lord Henry but à moitié son verre avant de le reposer pour continuer son repas. Dolly continua d'observer ce drôle de parent. Elle songea que celui-ci était un vieil homme qui avait dû être d'une grande beauté dans sa jeunesse. Bien malgré lui, sans doute, celle-ci était fanée depuis fort longtemps. Son visage manifestait de la rancœur et Dolly s'aperçut même qu'il avait beaucoup de mal à sourire. Qui plus est, il ne lui plaisait pas du tout et lui faisait même peur. D'autant qu'elle n'avait en tête que le visage du bel étranger qui lui avait ravi sa virginité en même temps que son cœur. Elle regrettait presque de l'avoir quitté sans un mot.

— *Mais que pourrais-je espérer de lui ?* s'était-elle dit en s'installant sur la banquette de la malle-poste en quittant la ville de ses premières amours. *Un beau mariage conclu sous le sceau de l'amour ? Tu rêves les yeux grands ouverts, ma pauvre Dolly !* avait-elle continué à songer.

Alors que la voiture cahotait légèrement, c'était avec un goût amer dans la bouche et quelques larmes au bord de ses longs cils noirs qu'elle s'était rappelé que cela n'existait malheureusement que dans les contes pour enfants ! Malgré les jours passés, elle avait encore le souvenir de ses douces paroles lorsqu'Anton lui avait dit qu'il viendrait la rejoindre de nouveau dans sa chambre.

Pourtant, elle s'était retrouvée toute seule à son réveil. Sans doute avait-il l'habitude dans son périple de coucher avec des femmes. Après tout, c'était un étranger. Il pouvait donc tout à fait avoir une femme, par-ci par-là, sans que cela ne l'oblige à s'investir dans une relation durable. Il était bien trop beau et n'avait pas l'air d'être homme à se marier. Il devait avoir tout juste la trentaine et aucune alliance ne brillait à sa main gauche. Il aurait fallu être d'une grande naïveté pour espérer autre chose que cette extraordinaire soirée qu'il lui avait offerte. Elle avait perdu sa virginité, mais son cœur était comblé d'ardents souvenirs. Rien que pour cela, elle lui en serait toujours reconnaissante.

Après ces souvenirs à la fois tortueux et heureux, elle termina son repas dans un silence pesant, car, effectivement, le vieil homme était froid et semblait loin d'être amusant. Elle décida que ce repas avait déjà assez duré.

— Votre Grâce, ne m'en veuillez pas, mais je me sens si fatiguée par mon voyage que je souhaite me retirer dans ma chambre, dit-elle d'une voix excédée et impatiente.

— Bien entendu, lady Dolly !

Voilà qu'il lui servait un titre dont on ne l'avait jamais gratifiée !

— Je vais donc monter dans ma chambre, eut-elle à peine le temps de lui répondre avant de l'entendre s'écrier :

— Mr Parker ! Demandez à Mrs Jennings de

raccompagner lady Dolly dans ses appartements, intima-t-il de son verbe habituel.

— Je vous remercie pour cette prévenance, Votre Grâce. Cependant, ce ne sera pas nécessaire. Je peux tout à fait me rendre seule dans ma chambre, je vous l'assure !

— Bon ! Eh bien ! C'est comme vous le souhaitez, ma chère ! rétorqua-t-il froidement avec un sourire forcé.

Elle se releva et prit donc congé de lord Henry qui n'eut pas le temps de se relever de sa chaise pour la saluer, comme la bienséance le dictait devant toute dame qui sortait de table.

Elle se coucha, ce soir-là, en se disant qu'elle n'attendrait pas deux jours complets avant de lui donner sa réponse. Elle était pressée de rentrer chez elle, car sa maison et ses amis lui manquaient horriblement.

Et le bel Anton aussi...

Le lendemain, alors qu'elle se rendait dans la salle à manger, avant d'en franchir la porte, elle entendit lord Henry s'entretenir avec son majordome. Il lui demandait, sur un ton agacé, de le faire prévenir dès que la jeune femme serait visible. Elle exauça son instance en entrant dans la salle.

— Oh, mon enfant ! Venez à moi, fit-il en lui tendant ses mains pour attraper les siennes.

Il la conduisit vers le sofa sur lequel elle s'était assise la veille. Elle s'installa sur celui-ci avant qu'il ne l'imite à son tour. Alors, dans un drôle de mouvement, il posa sa vieille main ridée sur celle de la jeune femme et la caressa comme s'il caressait un animal. Elle n'osa pas retirer sa main, bien que ce geste ne lui fût pas plaisant. En fixant de ses prunelles claires le vieil homme, elle aperçut sur son visage une impatience manifeste qu'il semblait avoir beaucoup de mal à contenir. Il devait avoir une grande annonce à lui faire. Peut-être avait-il changé d'avis et pensait-il la blesser en la lui apprenant ? Dolly décida de ne pas bouger et attendit qu'il s'exprimât.

— Lady Dolly, mon petit. Un malheur est arrivé à votre domaine.

— Comment cela ? Un malheur ! s'exclama-t-elle en essayant de retirer sa main de celle du duc.

— Oui, mon petit ! La foudre est tombée sur l'un des ormes situés tout près de votre maison. Il s'est abattu sur celle-ci en causant non seulement des dégâts irréparables, mais également un feu de cheminée qui a fini à lui seul de ravager ce qu'il restait, si je puis dire.

— Non ! Vous mentez ! C'est impossible ! protesta-t-elle, les larmes aux yeux, en se relevant vivement de son assise.

— Je préfèrerais que ce soit le cas, mon enfant. Après tout, lisez vous-même la missive que j'ai reçue ce matin de la part de Mr Hambleton.

Dolly se mit à lire les deux feuillets qui constituaient la missive. Ses mains s'étaient mises à trembler durant la lecture et des larmes roulaient à présent sur ses joues.

Tout était vrai !

Le duc n'aurait jamais pu inventer les ormes situés si près de son petit manoir. Ceux-là mêmes qui avaient été plantés par son arrière-grand-père et que personne n'avait jamais souhaité scier malgré le danger potentiel qu'ils pouvaient faire courir. Lorsqu'elle termina la lecture du premier feuillet, elle s'aperçut que l'écriture sur le deuxième feuillet n'était pas la même. Il s'agissait de Tom, son jardinier, le seul du domaine après elle à savoir écrire, lire et dessiner. Sa lettre n'était datée que d'à peine deux jours après son départ du manoir des Marais de Kendall. Tom lui donnait tous les détails que Mr Hambleton s'était diverti à recopier.

L'enquêteur comptait certainement être payé par le duc pour ce travail.

Tom lui annonçait, en outre, que lui et Becca avaient dû quitter le domaine pour trouver un autre logis et qu'un jour avant eux Betsy en avait fait tout autant. Il n'y avait vraiment plus rien à sauver sur ses terres.

À peine cette lecture terminée, Dolly s'était rassise, ses jambes n'en supportant pas plus. La jeune femme était effondrée et de lourdes larmes coulaient à flots sur son joli visage. Le duc se rapprocha d'elle sur le sofa avant de la prendre dans ses bras. Malgré ce geste attentionné, la terrible douleur logée dans son cœur ne diminua pas. Elle avait si mal en cet instant.

— Mon enfant, n'ayez crainte ! Vous pourrez rester ici autant de temps que vous le souhaitez. Ma proposition tient plus que jamais !

Elle releva la tête de son épaule et le fixa. Il semblait sincère même s'il souhaitait se servir d'elle pour ses intérêts. Mais c'était pareillement une façon pour elle de ne pas se retrouver à la rue. Sans vraiment imaginer la portée de sa réponse qui impacterait sans nul doute le cours de sa vie, c'est avec la gorge serrée – sans pouvoir le regarder dans les yeux – qu'elle la lui donna.

— J'accepte...

— Vous m'en voyez ravi ! s'exclama le duc en joignant ses deux mains dans un petit claquement sourd.

Un sourire suspendu à ses lèvres, il se mit aussitôt à penser à tout cet argent qu'il allait déjà pouvoir soustraire à la Couronne par cette union, tandis que Dolly, sans un mot de plus, se détachait de ses bras et se relevait de son assise. Elle sortit rapidement de la pièce et se mit à courir jusqu'au pied du grand escalier. Elle escalada celui-ci rapidement avant de se retrouver dans le long corridor qu'elle traversa en courant manquant presque, au passage, de glisser sur le sol ardemment ciré. Arrivée devant la porte de sa chambre, elle ouvrit celle-ci à la volée. Elle traversa ensuite la pièce et se jeta sur son lit, en pleurs.

Le duc, tout juste cet accord conclu, exigea d'une inflexion implacable auprès de son majordome que l'on ne dérangeât en aucun cas de la journée lady Dolly, sa future épouse. Il exigea également que son prochain mariage se tînt au palais, et ce, dans moins de trois semaines. Il précisa, en outre, que les festivités devraient être brèves, sans s'éterniser jusqu'à la tombée de la nuit.

— N'oubliez pas que je ne souhaite pas avoir de convives qui salissent mes tapis ! Deux ou bien trois couples de nos voisins devraient suffire ! ajouta-t-il en tançant son domestique de son index.

Satisfait, avec toujours un simulacre de sourire sur le visage, lord Henry retourna dans ses appartements en se frottant les mains.

— *On ne piège pas un duc comme cela ! La Couronne n'a qu'à bien se tenir,* songea-t-il en passant le seuil de sa chambre.

Mais à peine la porte de celle-ci refermée, il retomba dans sa sombre gravité quotidienne…

Chapitre 4

Au lendemain de l'acceptation de ce curieux accord, Dolly exigea de son futur époux qu'il fasse en sorte de faire retrouver Betsy, Becca et Tom afin de leur octroyer une année complète de gages. Le duc y consentit aussitôt, ravi que le montant total soit si peu élevé. Mr Hambleton fut donc à nouveau sollicité…

En attendant que la cérémonie du mariage ait lieu, Dolly apprit à connaître lord Henry. Pourtant, malgré les promenades agréables dans le parc du palais, malgré les visites aux écuries, au cours desquelles il lui offrit un magnifique pur-sang même si elle ne montait jamais à cheval, malgré les après-midis durant lesquels elle joua aux cartes ou au jeu de dés avec lui, ou bien alors, lorsqu'elle lui fit la lecture, elle n'arrivait toujours pas à l'estimer au-delà du sentiment légèrement amical qui s'était installé entre eux.

Le jour J se présenta finalement. Comme cela avait été expressément exigé par lord Henry, peu d'invités étaient présents pour assister à ces épousailles incongrues. Ces solennités d'une brièveté déconcertante pour les noces d'un duc parurent pourtant interminables à Dolly, qui eut l'impression de vivre la journée la plus longue de sa vie.

Dès le matin, elle avait rendu son petit déjeuner et ses seins lui faisaient horriblement mal. Elle se sentait compressée dans sa robe immaculée alors que quinze jours auparavant, elle s'ajustait parfaitement à son corps après avoir été reprise par la couturière.

Lord Henry avait exigé de sa future épouse qu'elle portât la robe de mariée de sa première femme, la défunte Cecilia. Heureusement pour Dolly, la robe était non seulement très belle, mais elle avait également été précieusement conservée. Cependant, Dolly ne savait pas vraiment pour quelle raison la couturière avait effectué quelques reprises inutiles après son dernier essayage, car sa robe s'ajustait trop près de son corps, maintenant.

Quoique c'eût pu être dû à toute autre chose…

Il était vrai, quand elle se mit à y repenser, que la mélancolie dans laquelle elle avait plongé à la suite de la perte de son domaine lui faisait avaler toute nourriture se trouvant à la portée de ses mains. Après qu'ils se furent dit « jusqu'à ce que la mort nous sépare… », elle avait dévoré le repas de leur cérémonie sans se rendre compte des conséquences qui s'ensuivraient sur son superbe corps.

Tout au long de cette journée, son beau regard avait été orné de perles de larmes rendant celui-ci plus brillant que jamais. Malgré cette tristesse, cela ne l'avait pas empêchée de continuer à grignoter chaque heure s'écoulant. Faute de nourrir son cœur, elle nourrissait, à tout le moins, son ventre…

Durant les trois semaines précédant ces festivités, Dolly s'était rendu compte que lord Henry buvait beaucoup. En ce jour de mariage, il n'avait en rien modifié sa consommation. Dolly avait remarqué que durant le dernier repas pris, il y avait tout juste une heure, son époux n'avait cessé de boire. L'odeur de la vinasse la dégoûtait et rien qu'en imaginant celle que son mari exhalerait dans leur lit, elle en était déjà malade.

Elle arriva dans la chambre ducale où l'attendait sa nouvelle camériste prénommée Ethel qui l'aida à se changer pour sa nuit de noces.

Au bout d'une demi-heure, cette domestique, embauchée tout juste depuis quelques jours, insista auprès de Dolly pour qu'elle boive le verre de vin rouge sucré qu'elle lui avait préparé. Écœurée par cette proposition, Dolly fut prise au dépourvu par un haut-le-cœur. Elle se précipita vers un petit pot vide qui se trouvait près de la fenêtre avant de s'en saisir et d'y rendre tout son dîner. Après quelques minutes, pendant lesquelles elle récupéra quelque peu sa respiration et se rinça la bouche avec un verre d'eau que lui servit Ethel, Dolly se débarbouilla le visage rendu pâle par un mal-être croissant.

— Je crois que je vais me coucher maintenant, annonça-t-elle à sa cameriste.

— Sa Grâce est-elle sûre de ne pas vouloir le boire ? demanda Ethel en lui tendant le verre de vin rouge.

— Non ! Laissez-moi, maintenant ! Je vous en prie !

Ethel pensait bien agir en le lui tendant, car elle ne voulait pas que sa jeune maîtresse souffrît de sa première relation conjugale. En conséquence, elle avait ajouté plusieurs gouttes de laudanum dans son verre de vin.

— *Peut-être que la duchesse se sentira l'envie de le boire avant de passer à l'acte…,* songea Ethel en souriant à cette pensée.

Et, de nouveau, elle déposa délicatement le verre de vin sur la petite console près du lit. Voyant que sa maîtresse n'avait plus besoin de ses services, elle prit congé d'elle et repartit vers l'aile des domestiques rejoindre Mrs Jennings, au cas où celle-ci aurait encore quelques dispositions à lui donner avant le coucher.

Une heure plus tard, le duc arrivait en titubant dans ses appartements, suivi de son valet de pied. Après avoir été paré de sa tenue de nuit, il se dirigea seul dans sa chambre. Dans le lit ducal, Dolly était déjà endormie, épuisée par cette journée de noces fêtées au bord des larmes. Par cet accord incongru, elle venait d'accéder au plus haut rang de la noblesse, mais également de renoncer à trouver le grand amour, même si elle pensait l'avoir croisé quelques semaines plus tôt. Le duc la regarda avec le sourire d'un sot. Il avait déjà bien abusé de l'alcool et ses traits s'étaient, de ce fait, quelque peu adoucis. Cet abus ne l'empêcha pas de lorgner le verre de vin rouge posé sur la console…

Il ingurgita celui-ci et avant même de pouvoir ouvrir le lit pour s'y allonger, il s'effondra dessus. Dolly se réveilla en sursaut. Bien qu'elle le secouât légèrement, il resta inerte. Elle en déduisit aussitôt qu'il était mort. Elle sonna sa camériste qui arriva quelques minutes plus tard.

— Ethel, je crois que le duc est mort, annonça Dolly en murmurant.

— Sa Grâce est morte ! Morte pour de vrai, Madame la Duchesse ? s'exclama Ethel.

— Je n'en sais rien. Peut-on être mort pour de faux ? s'écria Dolly.

Puis Ethel aperçut le verre vide délaissé sur l'édredon. Elle comprit immédiatement ce qui s'était passé dans la chambre.

— Madame la Duchesse a-t-elle bu le verre de vin que je lui avais servi ? demanda-t-elle avec un sourire en coin.

— Quel verre ? rétorqua Dolly, surprise par la question de sa camériste.

— Celui-ci ! fit Ethel en pointant du doigt le verre vide.

— Non ! Je n'ai pas eu envie de boire de toute la journée, annonça-t-elle. Mais que cela peut-il bien avoir avec la mort du duc ?

— Eh bien, Madame la Duchesse ! Le duc n'est point mort, voilà tout ! répliqua sa soubrette tout en se saisissant du verre vide pour le déposer sur la petite console.

— Expliquez-vous, Ethel, je ne vous comprends pas !

— Eh bien ! Si Madame la Duchesse veut bien être magnanime… euh… j'ai eu peur pour elle, alors, euh… j'ai ajouté dans ce verre de vin quelques gouttes de laudanum. Peut-être un peu trop d'ailleurs... lâcha-t-elle plus pour elle-même avant de poursuivre. Je ne voulais pas que vous souffriez pendant que le duc se saisirait euh… de votre virginité, s'expliqua Ethel en rentrant la tête dans les épaules tout en plissant ses yeux d'un air désolé et se sentant peu fière d'elle-même d'avoir raté ce coup-là.

— Quoi ? Mais je ne suis plus vierge ! s'exclama Dolly.

Ethel se jeta sur elle et plaqua sa main sur sa bouche.

— Taisez-vous, malheureuse ! intima-t-elle. Sa Grâce veut-elle être jetée en pâture aux loups ? Le duc croit que vous l'êtes, Madame ! Si jamais il se doute du contraire, croyez-moi, ça ira mal pour vous ! ajouta-t-elle à voix basse.

Puis voyant que Dolly ne comprenait pas où elle voulait en venir exactement, elle précisa :

— J'ai reçu, ce soir, des ordres pour changer dès demain matin vos draps, Madame la Duchesse. Le duc a bien précisé qu'il ne souhaitait pas retrouver du sang le lendemain soir dans son lit... Je pense ne pas pouvoir être plus claire, Madame la Duchesse ! commenta-t-elle en relevant ses sourcils.

Dolly écarquilla les yeux, ne sachant quoi lui répondre. Ethel lui attrapa les mains.

— Je vais arranger ça, Madame la Duchesse ! Faites-moi confiance ! Allez maintenant vous recoucher ! Je reviens dans dix minutes, continua-t-elle de murmurer.

Ethel quitta la pièce, laissant Dolly dans une peur affreuse. Exactement dix minutes plus tard, Ethel apparut sur le seuil de la chambre, un petit verre entre les mains.

— Qu'est-ce ? demanda Dolly.

— Du sang de poulet, Madame la Duchesse, murmura Ethel en gloussant tout en s'approchant du lit.

Elle déplaça un peu le duc. Dolly l'y aida, mais elle se pétrifia sur place lorsqu'Ethel se mit à dégrafer la tenue de nuit de lord Henry.

— Que faites-vous ?

— Je vous sauve la vie, Madame la Duchesse ! répondit-elle à voix basse en tirant sur le vêtement pour l'ouvrir.

Le duc s'agita et les deux femmes se regardèrent immobiles, n'osant plus prendre d'air dans leurs poumons. Finalement, il s'arrêta de bouger. Les deux jeunes femmes relâchèrent alors leur respiration…

Ethel, tout en chuchotant, demanda à Dolly de s'allonger près de son mari. Elle lui versa alors du sang sur sa chemise de nuit au niveau de son intimité. Même si ce liquide encore tiède ne toucha pas sa peau, Dolly fit une grimace tout en écarquillant ses beaux yeux vert clair.

Ethel lui intima d'un signe de ne pas faire de bruit et continua son geste en versant encore du sang de poulet entre leurs deux corps avant de se résigner à en mettre sur le sexe du duc. Elle écarta la fente qu'il y avait sur son pantalon de nuit et détourna la tête alors qu'elle versait cette *potion* rouge dessus.

Lord Henry ouvrit les yeux et dès qu'il vit sa jeune épouse, laquelle étouffait un cri entre ses mains, il se mit à lui *grimper* aussitôt dessus tandis qu'Ethel se couchait instantanément sous le lit. Après quelques longues secondes, un ronflement sonore retentit de nouveau. Cette fois-ci, il était profondément endormi. Ethel aida Dolly à s'extraire de dessous son mari tout en essayant en vain de retenir un rire qui contamina Dolly. Elles sortirent de la pièce en essayant de faire le moins de bruit possible, parcourant le couloir sur la pointe des pieds avant d'atteindre une chambre inoccupée, assez éloignée de celle du maître des lieux. À peine la porte de celle-ci fut-elle refermée qu'elles explosèrent d'un rire nerveux. Au bout de plusieurs longues minutes, Dolly réussit à se calmer. Elle fixa de ses belles prunelles Ethel. Sa camériste pouvait voir dans ce regard toute la reconnaissance que lui vouait dorénavant sa maîtresse. Elle lui offrit un large sourire tandis que Dolly lui annonçait en lui étreignant les mains :

— Ethel, je ne sais comment vous remercier. Ce que vous avez fait pour moi, ce soir, mérite toute ma gratitude.

— Oh, Madame la Duchesse ! Ne vous inquiétez pas pour moi ! Pensez à moi au moment d'augmenter mes gages et nous serons quittes ! répliqua-t-elle toujours avec un sourire. Surtout, ajouta-t-elle, ne dites pas un mot de tout ceci à qui que ce soit, car si vous risquez d'être offerte aux loups, imaginez un peu ce que le duc pourrait faire de moi....

À ces mots, elles éclatèrent à nouveau de rire. Mais il était tard et l'heure était au sommeil. Ethel redescendit donc au sous-sol pour se rendre dans sa chambre tandis que Dolly rejoignait la chambre de son mari auprès duquel elle se recoucha.

À son réveil, lord Henry fut satisfait de constater qu'il avait pu posséder sa femme. Il en avait toutefois douté durant le repas qui avait suivi la cérémonie et c'est pour cela qu'il avait bu plus que de raison. Il décida, pour la prochaine nuit, qu'il ne toucherait pas à plus de deux verres de vin, afin de pouvoir se rappeler ses ébats amoureux avec sa nouvelle femme. Il n'avait aucun souvenir du corps de celle-ci, alors qu'il aurait aimé s'agrémenter l'esprit de quelques belles images d'elle, ce matin même. Il manda sa femme pour lui en faire part, mais n'osa pas le faire lorsqu'il la vit pratiquement apprêtée. Il se trouvait soudain gêné de lui demander de se dévêtir alors qu'il l'avait possédée la nuit dernière... Cela n'avait aucun sens et au vu du visage qu'elle lui présentait, elle le prendrait certainement pour un vieillard qui perd la raison s'il ne se souvenait même pas de ses ébats amoureux datant de quelques heures… En fin de compte, Dolly avait simplement peur qu'il ait découvert la supercherie. Il la renvoya dans ses appartements tout en se disant que ce soir, il prendrait plus de précautions pour rester éveillé.

Quelque peu angoissée, la nouvelle duchesse retourna dans ses appartements. Là, sa camériste l'attendait pour finir de lui magnifier ses cheveux de plusieurs rangs de perles, qu'elle avait commencé à lui mettre avant que le duc ne la demande.

— Alors, Madame la Duchesse ?

— Ça a marché, Ethel ! Merci ! Merci mille fois ! Pour lui, nul doute, ce mariage a été consommé ! Mais il compte renouveler l'expérience ce soir. Je dois vous avouer que je n'ai point l'envie d'être dans son lit. Je sais que nous avons passé un marché, mais après avoir vu ce qu'il y avait sous son horrible pantalon de nuit, je crains de défaillir avant même qu'il me touche…

— Ne vous inquiétez pas, Madame la Duchesse. Je m'occuperai de son vin pour ce soir et tous ceux qui suivront, laissa-t-elle entendre.

— Oui, mais comment vais-je pouvoir lui donner un fils dans ce cas ? s'interloqua Dolly.

— Je n'en sais bougrement rien ! Mais nous pourrions réfléchir à ce souci plus tard, Madame la Duchesse. Non ?

— Oui, certes !

Dolly s'approcha alors d'Ethel.

— Merci, Ethel ! Et soyez gentille de ne plus

m'affubler de titres lorsque nous serons toutes les deux.

Dolly l'attrapa dans ses bras et la serra fort sur son cœur. Cela faisait si longtemps qu'une personne autre que Betsy ne s'était pas inquiétée pour elle. Toute joyeuse, c'est avec entrain que la duchesse de Clarence débuta sa journée.

La nouvelle que le duc avait épousé en secondes noces une jeune femme de plus de cinquante ans sa cadette s'était répandue rapidement dans le comté du Suffolk. Aussi, malgré l'affront fait à ses voisins des alentours de n'avoir pas été conviés à la cérémonie, le couple reçut, tout de même, tout un tas de cartons d'invitation qui atterrirent, en un temps record, sur un petit plateau d'argent. Celui-ci était disposé, uniquement à cet effet, sur un guéridon situé dans le majestueux hall d'entrée qui illustrait l'étalage fastueux des lieux.

Certaines de ces invitations étant adressées à Dolly, Mrs Jennings les lui remit. Après avoir cassé la cire de chacun de ces plis, Dolly découvrit sur la face intérieure qu'il s'agissait uniquement d'invitations. Certaines, pour se rendre à de simples réceptions de thé ; d'autres, pour se rendre à des récitals et concertos pour pianoforte ou violoncelliste. Il y avait même des réceptions nocturnes et un bal masqué ! Mais il y en avait tellement que Dolly s'était dit qu'il lui faudrait se couper en mille pour pouvoir se rendre à toutes. Elle choisit de répondre, pour l'instant, positivement à trois de ces invitations. Soit celle pour le récital pour violons. Celle pour le concerto d'un très jeune, mais talentueux ténor italien, Rubini Giovanni Battista qui passait par l'Angleterre avant de se rendre en France. Et, avec beaucoup de joie, celle pour le bal masqué qui était prévu chez la fameuse comtesse de Welles, qu'elle ne connaissait pas encore et dont la réputation d'être un *joli papillon butineur* n'était plus à faire. Pour les autres, elle verrait au fur et à mesure que cela l'enchanterait. Il faut dire que chaque journée à peine écoulée, Dolly sentait le sommeil l'attraper aussitôt qu'elle s'allongeait pour se coucher.

Le duc accompagna Dolly à sa première sortie en tant que duchesse de Clarence. Elle fut accueillie par certains avec beaucoup de joie, de respect et d'enthousiasme. Pour d'autres, ce fut un accueil plutôt froid et réservé. Après tout, pour ces mondains, elle n'était qu'une petite arriviste sortant de nulle part…

Lord Henry et lady Dolly avaient passé une agréable soirée. Mais le duc était un vieil homme et les soirées mondaines ne l'avaient jamais intéressé durant sa jeunesse. Alors en vieillissant, cela n'était devenu pour lui que des contraintes. Finalement, il décida qu'il ne voulait plus subir ces sorties festives. Un matin, au cours du petit déjeuner, après avoir reposé son journal à côté de son assiette, il s'adressa à sa femme. Habituée à son silence matinal, c'est avec de grands yeux surpris qu'elle le fixa.

— Ma chère amie, dit-il en s'adressant à elle sur une tonalité des plus mondaines, seriez-vous contrariée si je ne vous accompagnais pas à toutes vos sorties ?

— Pas du tout, mon cher ami ! rétorqua-t-elle en lui souriant.

Elle était ravie de savoir qu'il y aurait des sorties en société durant lesquelles elle n'aurait pas à subir l'attitude froide et mal élevée de son mari.

— Emmenez la personne qui pourrait vous accompagner sans manquer à ses obligations. Peut-être votre nouvelle camériste ? Qu'en pensez-vous ?

Le cœur de Dolly fit un bond dans sa poitrine. Elle s'était fortement liée avec Ethel à la suite de ses déboires le soir de ses noces, et depuis, une grande amitié était née entre elles les faisant devenir, chaque jour, plus proches l'une de l'autre.

— Vous avez tout à fait raison, mon mari ! entonna-t-elle en se relevant pour aller l'embrasser sur la joue, tellement son cœur s'était gorgé de joie à cette nouvelle.

Le duc prit un grand plaisir à s'entendre appeler de la sorte, constatant par la même occasion qu'il ne rebutait pas sa jeune épouse de sa personne.

Les jours passaient et chaque soir, le duc s'endormait avant même d'avoir pu dépouiller de ses vêtements son épouse. Or, chaque matin, il restait persuadé de l'avoir possédée la veille, bien qu'aucun raffermissement ne risquât de s'emparer de son vieux corps… Il se réveillait alors, l'esprit confus de n'avoir pas une seule image de *sa* duchesse dénudée ou, serait-ce même, dans un simple négligé.

Cette contrariété, qu'il n'osa pas lui faire remarquer par fierté masculine, l'amena à refuser qu'elle apprenne à parler l'italien lorsqu'elle lui en fit la demande. La pauvre Dolly s'efforça de masquer sa déception. Elle aurait tant voulu écouter de nouveau ce jeune ténor italien et comprendre les paroles de ses magnifiques interprétations. Elle trouvait cette langue si chantante et tellement joyeuse que sa mélancolie avait disparu dès le premier refrain chanté avec brio. Dolly décida donc de passer outre l'autorisation de son mari, et réussit par le biais d'Ethel à recevoir l'apprentissage de cette langue. Tous les jours et durant l'heure de la sieste du duc, Mr Visconti, un vieux professeur de pure souche italienne, venait discrètement dans la remise masquée par la roseraie et située à l'abri des regards du palais, pour lui dispenser l'enseignement de sa langue natale. Dolly était une excellente élève et étudiait sans relâche tous les soirs ses petits livres d'apprentissage. Au fil des semaines, elle acquit rapidement les connaissances nécessaires pour comprendre parfaitement l'italien. Elle aurait voulu alors en faire part à son époux et lui montrer ses performances, mais Ethel l'en dissuada, lui assurant qu'elle risquait quelques déconvenues pour n'avoir pas obéi à ses ordres...

En cette nouvelle matinée, c'était la première fois, depuis son mariage, que Dolly ne rendait pas le chocolat chaud qu'Ethel lui avait monté une heure plus tôt. Elle se sentait en pleine forme. Elle avait prévu de se rendre dans l'après-midi chez la comtesse Westmoore, accompagnée d'Ethel, à un récital privé donné par deux violonistes. La jeune femme était donc d'une humeur joyeuse tant elle adorait écouter jouer du violon, et rien ne semblait alors pouvoir lui faire perdre son sourire. Sauf, peut-être, lorsqu'elle passa devant les appartements de son époux et qu'il l'interpella.

— Madame ! Ma chère !

— Oui, Monsieur ! fit-elle en revenant sur ses pas.

— Entrez et fermez la porte, je vous prie !

Dolly s'exécuta aussitôt. Elle se retrouva nez à nez avec son époux qui se saisit de ses mains dans les siennes en les étreignant *fiévreusement*. Il avait décidé de mettre sa fierté de côté et de faire appel à la bonté qu'elle pouvait lui porter. Bien que, s'il le voulait, il n'eût pas besoin de la solliciter. Il lui suffirait d'exiger pour qu'elle s'exécute…

— Ma chère amie, je sais que chaque soir je vous satisfais ! Mais… pourriez-vous m'accorder une faveur ? demanda-t-il en lui caressant la joue avec le dos de sa vieille main.

Ce geste désempara instantanément sa jeune épouse.

— Oui, mon mari, que puis-je pour vous ? demanda-t-elle d'une voix chevrotante et haut perchée.

— Est-ce que ma chère duchesse accepterait de se dénuder pour son mari ? Maintenant…

Son regard graveleux déstabilisa quelques secondes Dolly avant qu'elle ne se ressaisisse afin de ne pas lui montrer le dégoût que cette demande exerçait sur son corps.

— Mais, mon cher ! Il est déjà presque midi et je dois me préparer pour le récital de…

— Je veux juste entrevoir votre corps, argumenta-t-il d'une manière plaintive. Je n'arrive pas à m'en souvenir. Je vous promets de ne rien tenter avec vous avant cette nuit, ma chère amie…

C'était une évidence pour Dolly : elle n'en avait absolument pas l'envie ! Toutefois, si elle se refusait, le duc pourrait tout à fait s'apercevoir de la supercherie à laquelle Ethel et elle s'attelaient chaque soir. Qui plus est, en lui donnant son nom, il l'avait sauvée de sa perte tout de même ! Elle lui était donc bien redevable…

— Bien sûr, Henry ! dit-elle. Accordez-moi quelques minutes afin que ma camériste vienne m'aider, puis venez me rejoindre dans ma chambre.

Elle lui tourna le dos, afin de ne pas lui montrer le dégoût qui s'était totalement emparé d'elle. Elle quitta alors les appartements de son mari et sonna Ethel, d'une main tremblante. Après plusieurs minutes, durant lesquelles Ethel l'avait aidée à se dévêtir puis à passer son négligé, le duc fit son entrée et la camériste s'éclipsa discrètement. Dolly ôta alors son léger vêtement en soie. Lord Henry regarda sa femme et la trouva si belle qu'une forte douleur lui frappa la poitrine. Dolly s'en inquiéta aussitôt. Elle se saisit de son négligé sans prendre le temps de l'enfiler, juste en le positionnant sur sa poitrine.

Elle ouvrit la porte de sa chambre à la volée et cria dans le couloir le prénom d'Ethel, qui résonna dans un écho puissant. Sa camériste, se trouvant encore dans les escaliers, arriva rapidement et l'aida à ramasser le duc qui était tombé à genoux sur le sol, les mains portées à sa poitrine. Elles le couchèrent avec beaucoup de difficultés dans le lit de Dolly. Ethel, après avoir mandé le médecin, aida la duchesse à quitter son vêtement soyeux, dont elle s'était rapidement parée avant son retour. Elle l'aida à renfiler une tenue décente. Le vieux médecin, au service de lord Henry depuis des années, arriva à peine une vingtaine de minutes après avoir été sollicité. Il prit tout son temps pour ausculter le duc avec sérieux, mais avec une lenteur insoutenable.

Ou bien, peut-être, était-ce le fait qu'il soit trop vieux pour entendre les bruits du cœur au travers de son cornet acoustique ?

Lorsqu'il ressortit de la chambre du malade, il s'adressa à la duchesse sur un ton péremptoire.

— Si Sa Grâce veut bien laisser tranquille Sa Grâce pendant plusieurs semaines, cela serait très bénéfique. Pour Sa Grâce, votre époux, ajouta-t-il avec un petit rictus.

Comme Dolly ne comprenait pas où il voulait en venir, il lui précisa en rougissant légèrement :

— Pas de relations conjugales pendant un certain temps, Madame la Duchesse…

— Bien sûr ! fit Dolly en rougissant jusqu'à la racine

de ses cheveux de n'avoir pas compris tout de suite où voulait en venir le médecin.

Le duc n'étant plus assez jeune pour s'ébattre dans un lit au quotidien, le repos total fut exigé et un traitement pour le cœur lui fut prescrit. Le docteur prit ensuite congé de la jeune femme et celle-ci retourna dans la chambre de son mari avec une certaine compassion pour lui. Lord Henry s'excusa de son état et Dolly lui assura qu'il n'y avait rien de grave, et qu'elle veillerait à son bien-être, qu'il n'avait pas à s'en inquiéter. Il lui sourit et insista pour qu'elle se rende au récital comme prévu. Après un petit débat de quelques minutes, et sur son insistance, elle se releva de sa chaise, car il commençait à se sentir gagner par le sommeil. Il voulait dormir. Maintenant. Cela étant assurément dû aux médicaments que le docteur lui avait fait prendre. Elle déposa un baiser tendre sur son front et quitta la chambre de son vieil époux. Elle fit prévenir Ethel qu'elle ne sortirait pas comme prévu et demanda que l'on envoie un mot à la comtesse Westmoore pour l'excuser de se décommander au dernier moment.

Dolly décida de passer toute la semaine auprès de son époux, resté alité sur ordre du médecin. À la fin de cette période, le duc déclara à sa femme qu'il avait eu de la chance de l'épouser. Dolly, un peu gênée, le regarda et lui annonça en retour qu'elle était enceinte. Ethel le lui avait confirmé lorsqu'elle était ressortie ce matin-là de son bain, le ventre arrondi. Dolly était surprise de se retrouver dans cet état, alors qu'elle n'avait eu qu'une relation amoureuse, il y avait déjà un peu plus de deux mois de cela, avec un homme qu'elle ne verrait sans doute plus jamais. Ethel lui avait conseillé de ne rien dire et de faire croire au duc qu'elle portait en elle son enfant.

Dès que Dolly se retrouva seule dans sa chambre, elle caressa son ventre et murmura des paroles d'amour à son futur bébé. Malgré la joie qui habitait son corps, elle regrettait encore plus aujourd'hui d'avoir quitté Anton sans avoir eu connaissance de son nom. Cet homme lui avait fait tourner la tête, lui avait ravi son cœur et surtout, il serait le père caché de cet enfant qu'elle désirait. Elle ferma les yeux et se rappela le contact de son propre corps contre celui d'Anton. Ce souvenir lui procura un frisson dans le dos qui poursuivit sa course jusque dans ses reins. Bien qu'elle pensât quotidiennement à lui, elle s'était fait une raison en se disant qu'elle avait eu de la chance de croiser son chemin. Même si elle était certaine que le bel Anton ne recroiserait plus jamais le sien ! Heureusement pour sa conscience, Dolly l'avait connu avant lord Henry. Toutefois, cela n'était qu'une mince satisfaction parce qu'un mal-être était là, présent dans sa tête. Son plus grand regret était sans aucun doute ce mariage. Un accord qui n'aboutirait même pas à ce pour quoi il avait été conclu. Le duc de Clarence en espérait une descendance et voilà que celle-ci ne serait même pas de lui ! Bien qu'il ne fût pas trop désagréable avec elle au quotidien, elle ne connaîtrait jamais entre ses bras l'exaltation que pouvait procurer une simple caresse. Mais elle se résigna à ne pas être négative et se persuada qu'elle avait bien fait les choses. Le fait d'avoir choisi de devenir l'épouse d'Henry lui donnait au moins la satisfaction de ne pas se retrouver enceinte sans domicile et sans le sou.

Sa vie avait déjà pris un premier tournant lorsqu'elle était devenue la duchesse de Clarence et maintenant qu'elle portait la vie en elle, il lui fallait assumer toutes les décisions qu'elle avait prises et toutes celles qu'elle prendrait dorénavant !

Chapitre 5

Mercredi 10 octobre 1810, ville de Wickham Saint Paul

Dolly s'était apprêtée pour le bal masqué prévu chez la comtesse de Welles. Cette aristocrate, plus vraiment dans le printemps de son âge, avait pris l'habitude de servir ces soirées fantaisistes et extravagantes à la bonne société au moins trois fois l'an. Son mari, bien plus âgé qu'elle, la laissait faire tout ce qu'elle souhaitait du moment qu'elle le rejoignait dans ses appartements, dès le petit matin, pour se donner à lui. Ce n'était pas, bien évidemment, ces retrouvailles matinales qui attisaient et excitaient le plaisir de la comtesse. Un accord entre eux deux, quelque peu libertin mais sans décri, autorisait la comtesse à badiner avec les jeunes hommes durant les bals qu'elle organisait. Mais cette faveur ne lui était accordée qu'à une seule condition : qu'elle racontât à son mari sur une note coquine tous les plaisirs qu'elle prodiguait, par-ci par-là ! Et, à n'en pas douter, le comte avait autant de plaisir à retrouver sa femme qu'à se promener dans chaque pièce de sa demeure où ces marivaudages avaient lieu...

Bien que lord Henry se sentît nettement mieux, il n'avait pas souhaité se rendre à cette soirée bien trop fatigante pour un vieux monsieur de son âge. Mais il avait insisté pour que Dolly continuât à se montrer dans ces réjouissances mondaines. Il éprouvait beaucoup de respect pour sa jeune épouse et ne la rejoignait plus dans sa chambre depuis l'accident qui l'avait frappé. Il voulait se ménager afin d'être encore vivant lorsque son enfant – un fils, il en était persuadé – verrait le jour. Qui plus est, il n'avait plus eu envie de sa femme, mais ce constat ne le contrariait pas plus que cela.

En fait, ce dont il ne se doutait pas, c'est qu'il n'était plus en mesure de la satisfaire. L'aurait-il pu, même une seule fois, depuis leur union ?

Dolly lui en fut reconnaissante et appréciait chaque journée passée auprès de son drôle de mari, qui en réalité ne l'avait jamais vraiment été. À tout le moins, certainement pas par le biais d'un mariage consommé...

Ethel avait également revêtu un déguisement. Pendant que sa maîtresse s'amuserait au bal dans la grande salle d'apparat, Ethel en ferait de même à l'office où les domestiques attendraient *tranquillement* la fin des festivités.

Les deux jeunes femmes apprêtées montèrent dans la voiture personnelle du duc et furent conduites chez la comtesse de Welles. Dès lors qu'elles arrivèrent dans le domaine de celle-ci, elles purent constater que toute l'aristocratie avait répondu présent à cette invitation. Il y avait un ballet incessant de voitures particulières, fiacres et autres véhicules qui s'alignaient dans une interminable file. L'on pouvait y voir des hommes arrivés seuls aussi bien que des couples, descendant tous de leur véhicule avec grâce ou bien en se tenant le bras avec élégance. Il y avait également des femmes non accompagnées d'une présence masculine, telles que Dolly, ainsi que des groupes fort bruyants – appartenant tous aux hautes sphères. À cause du thème de cette soirée, ils étaient tous parés de tenues bariolées de couleurs et de formes diverses. Et c'était d'une même joie qu'ils traversaient les portes gigantesques de la magnifique demeure, tout en ayant connaissance des plaisirs que cette soirée allait leur offrir, car peu d'entre eux ignoraient ce qu'il se passait entre ces murs…

Les deux jeunes femmes, ignorantes de ces réjouissances, se sentirent quelque peu excitées elles aussi lorsque leur véhicule se rapprocha considérablement des portes de l'entrée. Celui-ci s'immobilisa à nouveau dans une attente qui leur parut interminable. Dolly ouvrit alors son petit réticule suspendu à son poignet et confectionné dans une superbe soie blanche. Elle se saisit de son mouchoir brodé à ses nouvelles initiales et s'en épongea le front. Puis elle remit en place son masque sur son visage avant de replier et de ranger le petit morceau de tissu.

Pour se rendre à ce bal, elle avait choisi une tenue de déesse romaine. Le blanc de sa robe vaporeuse ainsi qu'un magnifique plissé juste positionné au-dessous de sa poitrine ne laissaient pas croire aux yeux qui la voyaient qu'elle portait en elle un enfant depuis trois mois. Le masque qui lui couvrait pratiquement tout le visage, sauf la bouche, était émaillé d'une couleur blanche avant d'avoir été verni. Ses reflets brillants étaient rehaussés de petites arabesques noires et parsemés de petits diamants. Une dentelle confectionnée en fil d'or entourait le regard, avant de le quitter pour venir flotter jusqu'à l'arrière de sa tête. Cette broderie rigide s'épinglait ainsi dans ses cheveux d'un noir profond. Cet accessoire apposé sur son visage était d'une beauté suprême et s'harmonisait parfaitement avec sa tenue et sa coiffure. C'était Mr Visconti qui le lui avait offert lorsqu'elle lui avait raconté, en italien, qu'elle allait assister à un bal masqué. Il appréciait raisonnablement son élève et voulait lui faire plaisir. Il lui avait alors offert ce vieux masque confectionné à Venise et appartenant à sa défunte mère. Cette création unique avait été conservée pendant de longues années sous une cloche de verre préservant ainsi tout son éclat. Dolly avait été touchée par ce magnifique présent et n'avait su comment l'en remercier. Son vieux professeur lui avait alors assuré que de savoir qu'elle le porterait durant ce bal suffirait amplement à le faire, car ainsi, un peu de sa chère mère revivrait durant le temps d'une soirée…

Pour finaliser sa tenue, Ethel lui avait tressé les cheveux en plusieurs petites nattes de biais, donnant ainsi l'impression qu'elle les portait court sur la nuque. La jeune duchesse était encore plus belle que jamais.

Quant à Ethel, elle avait choisi une tenue d'un vert éclatant qui s'assortissait parfaitement à ses cheveux d'un roux flamboyant. Elle paraissait très sage dans ce déguisement. Mais sa robe cachée sous sa cape très ample avait toutefois quelque chose d'indécent... C'était la première fois qu'Ethel allait assister à un bal, même si celui-ci ne se déroulait qu'entre domestiques. Alors qu'elle souriait sans pouvoir s'arrêter, Dolly songea qu'elle aurait préféré qu'Ethel restât à ses côtés. Elle ne se sentait pas assez bien pour rester seule auprès d'une majorité de personnes qui, semblait-il, la détestaient sans aucune raison apparente. Elle décida sur un coup de tête qu'Ethel participerait à ce bal d'aristocrates. Elle insista auprès de sa soubrette pour qu'elle ouvre le moins possible la bouche. De ce fait, personne n'en aurait connaissance, car leurs déguisements les masqueraient. Et de toute façon, personne n'oserait venir contrarier son vieux mari en la vilipendant.

Lorsque les deux jeunes femmes pénétrèrent enfin dans la grande demeure, elles furent aussitôt accueillies par une ribambelle de serviteurs. Les premiers leur demandèrent leur invitation. Comme celle-ci avait été faite pour deux personnes, ce fut une aubaine pour Ethel qui n'eut besoin de rien leur présenter. Les suivants leur proposèrent de les débarrasser de leur manteau et encore d'autres leur offrirent des rafraîchissements. Après vingt bonnes minutes, elles réussirent à se glisser dans la salle de bal surchauffée, pour le plus grand plaisir de Dolly. Elle s'était sentie frissonner lorsqu'elle avait dû abandonner, à l'entrée, sa lourde cape soyeuse liserée d'une hermine, le tout d'une blancheur immaculée.

Les deux *belles* étaient d'une humeur joyeuse et le verre de champagne qu'Ethel avait bu commençait déjà à lui faire tourner la tête. Dolly, elle, n'avait bu qu'une seule gorgée de sa coupe de champagne, mais celle-ci suffit à lui faire le même effet qu'à sa camériste. Elle rajusta sa superbe étole blanche sur ses fines épaules avant de laisser glisser quelque peu le tissu sur ses avant-bras.

Il faisait très chaud dans la salle et Ethel était très contente d'avoir délaissé sa cape. Elle dévoilait ainsi l'échancrure vertigineuse du haut de sa robe, ne trompant personne et sûrement pas la gent masculine, sur les attributs qu'elle pouvait, avec peine, cacher au-dessous. Quant à Dolly, elle était si rayonnante que ses prunelles brillaient et illuminaient son masque comme deux opales à mille facettes. La couleur de son regard était si unique dans toute l'Angleterre qu'il aurait été facile pour n'importe quel convive plongeant son regard dans celui-ci, d'en identifier la propriétaire. Cependant, Dolly évita de fixer les personnes qu'elle croisait, car elle n'avait pas vraiment l'envie d'être reconnue. Il faut dire que tout le monde n'appréciait pas vraiment son union avec le duc de Clarence. Mais l'avantage qu'elle avait ce soir, c'était que personne ne reconnaissait personne sous ces déguisements…

Plusieurs groupes d'hommes fixaient les deux femmes depuis plusieurs minutes et dès que les premières notes de musique jaillirent des instruments, plusieurs d'entre eux se précipitèrent vers elles pour leur demander de leur accorder une danse. Elles se regardèrent derrière leur masque et se mirent à rire gracieusement. C'est ainsi qu'elles se retrouvèrent à danser un quadrille qui commença lentement. Heureusement pour Dolly, car elle n'avait pas l'intention de danser toute la nuit. Elle n'imaginait pas un seul instant prendre le risque de perdre son enfant…

Un peu plus tard, lorsque la musique s'arrêta enfin, des chuchotements assez distincts traversèrent toute la salle, en long et en large. Dolly et Ethel n'eurent même pas à tendre l'oreille pour les comprendre.

— Ce sont des parlementaires, murmuraient des gentlemen.

— Oui ! Regardez ! Il y a même le comte de Welles ! s'écria soudain l'un d'eux.

— Il était encore dans ses échanges politiques, bien sûr ! répondit son voisin. Moi qui croyais qu'il ne descendrait pas de sa tour d'ivoire, comme d'habitude, pour assister à la soirée ! ajouta-t-il, tout en portant à sa bouche sa coupe de champagne.

— Oui, je le croyais également ! rétorqua un autre gentleman.

— Il y a aussi nos Pairs, lord Granville et lord Wellesley ajouta un autre.

— Et je distingue là ce diplomate, Mac quelque chose ? Ah, oui ! Mackenzie, surenchérit encore un gentleman.

— Mais je ne reconnais pas les quatre hommes qui les accompagnent… Sûrement des ambassadeurs venus représenter leur pays, murmura une comtesse à une autre femme plus âgée qu'elle, tout en lui donnant un léger coup de coude.

— Oh ! Quelle joie, alors ! Enfin de la nouveauté ! s'esclaffa cette vieille rombière, cachée sous un masque paré de tant de plumes qu'elle ressemblait, à s'y méprendre, à un paon tout bleu.

— Oui ! En effet ! Enfin de la fraîcheur ! déclara immédiatement sa voisine en tapotant gracieusement ses mains l'une contre l'autre tout en laissant échapper un petit rire.

Plusieurs femmes les imitèrent et les musiciens se remirent à jouer avec engouement. Dolly et Ethel comprirent alors, dans tous ces murmures devenus des exclamations, que c'était un corps diplomatique composé de Français, de Bretons, d'un Écossais et de deux Américains. Tous des membres du Parlement des Affaires étrangères. Et qu'il y avait également un comte Autrichien accompagné de trois gentlemen ! Tous avaient dû être conviés au bal à la suite d'une réunion parce qu'ils étaient tous dotés d'un loup en cuir identique. Et à bien y regarder, leurs costumes étaient de ceux que l'on voit dans le quotidien des hommes parlementaires. C'est-à-dire, sans les artifices nécessaires pour une soirée masquée et fantasque !

Un groupe de quatre hommes se détacha de l'ensemble. Ils balayèrent des yeux la salle de bal et arrêtèrent leur regard sur Dolly et Ethel. Il est vrai que beaucoup d'hommes n'avaient d'yeux que pour elles malgré le nombre impressionnant de femmes de tout âge, qui s'animaient de la grande salle au salon pour dames, telles des abeilles dans une ruche. L'un des quatre hommes s'approcha d'Ethel et lui demanda de lui accorder la prochaine danse. La jeune femme lui présenta sa main sur laquelle il déposa un baiser au lieu de l'effleurer comme la bienséance le dictait en regard des femmes non mariées. Il la fixa alors d'un regard plein de promesses avant de se diriger avec elle vers la piste de danse. Ils se laissèrent engloutir par la foule qui virevoltait déjà sur les notes d'une valse, que l'orchestre venait d'entamer. Les trois autres se séparèrent pour imiter leur camarade et l'un d'eux se dirigea, sans hésitation, vers Dolly. Il se posta face à elle en la fixant de son regard gris métallique. Son loup noir faisait tellement ressortir son regard que la jeune femme en fut troublée. Or, lorsqu'elle l'entendit lui demander de lui accorder cette danse, son trouble s'amplifia.

Énormément !

Le ton grave de sa voix accordé sur un accent si particulier avait traversé violemment son corps et sa tête s'était mise à tourner. Elle était certaine de savoir à qui appartenait le beau visage qui se cachait sous ce masque : Anton !

Le comte, quoique malheureux depuis la perte de son *Emma*, s'était senti attiré comme un aimant lorsqu'il avait aperçu la jeune femme, toute de blanc vêtue. Trop aveuglé sans doute par son éclat, il ne remarqua pas son trouble lorsqu'il lui présenta son bras. Sans dire un seul mot, elle y déposa sa main et d'un pas élégant, il la guida jusqu'à la piste de danse. Dolly se sentait légère et se déplaçait comme si elle flottait dans l'air. Elle était envahie par diverses émotions qu'elle n'arrivait pas à contrôler. Elle revoyait Anton pour la première fois depuis qu'il lui avait fait l'amour et même si son loup lui cachait le regard, elle trouvait le reste de son visage encore plus beau que dans son souvenir. Et savoir qu'elle portait en elle son enfant la ravissait au plus haut point. Mais elle ne pourrait jamais le lui dire. Cela ferait éclater un scandale que son mari ne méritait pas.

Ils dansèrent ensemble, sans un mot, juste le regard plongé l'un dans l'autre, chacun brillant de mille éclats par cet échange silencieux. Aussi surprenant que cela fût, Anton ne l'avait pas reconnue. Évidemment, Emma avait tout emporté dans sa fuite. Il ne restait que peu de joie dans le cœur d'Anton et depuis, il vivait telle une âme à la dérive.

Bien qu'il eut choisi de danser avec la jeune femme, il l'avait tout simplement fait parce qu'il s'était dit : quitte à se rendre à un bal, autant faire ce pour quoi l'on était venu, c'est-à-dire danser ! D'autant que la jeune femme avait été la seule dont l'allure l'attirait. Mais pas assez pour lui mettre des idées dans la tête ! Emma était toujours là, présente dans ses pensées, et aveuglait sans aucun doute sa perspicacité, sinon, il aurait immédiatement reconnu l'être aimé.

La danse se termina et Dolly entendit Ethel rire à gorge déployée aux paroles que Markus lui avait murmurées. Tous deux quittèrent bruyamment la piste, sûrement pour se rendre sur une terrasse éloignée. Ou, peut-être bien, dans les fameux jardins du comte réputés pour leurs cachettes et leurs petits coins sombres laissant à l'abri des regards indiscrets tous ceux qui souhaitaient s'encanailler. Alors qu'Anton conduisait Dolly vers le fond de la salle, en vue de prendre un rafraîchissement, la jeune femme entendit par mégarde, une conversation entre deux vieilles rombières.

— Je ne reconnais pas celle-là !

— Moi non plus !

— Pensez donc ! En voilà encore une qui va finir, on sait très bien où ! disait la plus vieille des deux avec une bouche pincée vers le bas en parlant d'Ethel.

— Elle passera bien dans plusieurs mains d'ici la fin du bal ! poursuivit la seconde.

— Pensez donc ! Il vaut mieux pour elle qu'elle conserve son masque sinon nous allons encore avoir de quoi nourrir les potins jusqu'à la fin de l'année ! répliqua la première, son éventail en biais afin de masquer sa bouche ridée.

— Quoiqu'elle ait au moins un masque pour cacher sa honte ! Ce n'est pas comme cette petite intrigante qui a épousé le duc de Clarence. Nous ne savons même pas d'où elle vient ! Elle pourrait être sa fille ! s'esclaffa l'autre en refermant rapidement son éventail pour s'en frapper le creux de la main.

Ce qui en soi n'aurait jamais dû gêner ces vieilles rombières. Il était d'usage que la mariée soit toujours plus jeune que son époux. Cette fois-ci, certes, peut-être un petit peu trop !

— Pensez donc ! Enceinte de surcroît ! On se demande bien comment ce vieillard a pu l'engrosser ! s'exclama encore l'une en baissant toutefois l'inflexion de sa voix pour rester dans la confidence.

— Oh, croyez-moi ! Elle a sûrement dû faire appel à un serviteur ! D'ailleurs, je ne l'ai pas encore aperçue ce soir. Elle doit jouer les épouses modèles cette petite péronnelle…

— Pensez donc ! fit la vieille rombière, derrière son éventail avec lequel elle s'était remise à balayer l'air chaud.

C'en fut trop pour Dolly ! Une douleur lui vrilla les

tempes et sa tête se mit à tourner violemment. Elle s'accrocha instantanément au bras d'Anton. La voyant défaillir, il la souleva dans ses bras et se dirigea vers une porte-fenêtre située juste derrière eux. Personne ne s'y trouvait encore, car la lumière y faisait défaut. Il s'installa sur le haut des marches en maintenant, avec douceur, la tête de la jeune femme au creux de son bras. Il lui ôta son masque et fut saisi d'une joie immense en reconnaissant là celle qu'il recherchait depuis trois longs mois. Mais la jeune femme n'avait pas repris totalement connaissance. Il lui caressa la joue et elle ouvrit difficilement les yeux.

— Emma, murmura-t-il en embrassant sa main.

— Anton, que m'est-il arrivé ? demanda-t-elle le regard inquiet.

— Vous vous êtes évanouie, mon amour, répliqua-t-il avant de prendre ses lèvres dans un langoureux baiser.

Elle répondit à celui-ci avant de repousser Anton, doucement.

— Non, Anton ! Je ne peux pas ! s'exclama-t-elle à voix basse en posant ses mains sur son ventre afin de se rassurer.

— Pourquoi, mon amour ? Cela fait des mois que je suis à votre recherche ! s'écria-t-il en posant sa main sur la sienne.

Soudain, il aperçut son ventre arrondi sous le tissu fluide et vaporeux qui épousait parfaitement celui-ci en retombant sur chacun de ses côtés.

— Non ! Ce n'est pas possible ! Cela ne se peut !

Non ! s'exclama-t-il tandis que la jeune femme se libérait de ses bras afin de se relever.

— Je vous en prie, Anton ! Ne criez pas ! On ne doit pas me voir seule avec vous…

Soudain, il fut écœuré et sentit son cœur se déchirer dans sa poitrine. La douleur était si forte qu'il se demandait comment il faisait pour être encore en vie. Il avait mal. Si mal !

— *Comment a-t-elle pu aller avec un autre homme après moi ?* se tortura-t-il l'esprit, incapable de parler.

Dans sa tête, il cogitait, ne comprenait rien, se posait mille questions dont il n'avait pas les réponses. Durant ces mois sans elle, il n'avait ni touché ni regardé une seule autre femme. Pourtant, elle ne lui avait fait aucune promesse ni rien demandé. Mais son regard avait parlé pour elle, ce soir-là dans cette petite chambre. Il s'était passé quelque chose entre eux. Quelque chose qu'il n'avait pas pu être seul à ressentir, il en avait la certitude. Il fallait qu'elle lui dise pourquoi elle l'avait fui, même si elle ne lui devait rien. Il n'eut pas le temps de lui demander une explication qu'elle le prit au dépourvu en s'exclamant :

— Je dois vous quitter, Anton ! Pardonnez-moi…

Avant même qu'il ne prononce un autre mot, elle se saisit de sa main qu'elle appuya fortement sur sa propre joue avant d'écraser un baiser dans le creux de celle-ci. Elle la relâcha doucement puis disparut de sa vue. Anton se retrouva seul sur la terrasse, le corps envahi de mauvais

frissons. Dans sa tête ne résonnaient que les mots
« Pardonnez-moi ». Encore ces deux mots lâchés dans
une fuite sans un possible retour ! Exactement comme
Miss Karolina, lorsqu'elle l'avait quitté en lui laissant un
simple pli sans aucun espoir.

— Qu'ai-je donc fait au Bon Dieu, pour *mériter* tant
d'être rejeté de la sorte ? grommela-t-il en se frottant le
visage comme après s'être réveillé d'un cauchemar.

Dolly avait remis son masque maladroitement et
recherchait Ethel dans les jardins. Des larmes coulaient à
flots sur ses joues. Lorsqu'elle aperçut sa camériste, elle se
dirigea vers elle hâtivement. Markus fut surpris d'être
interrompu pendant qu'il dispensait un baiser langoureux
à *sa* belle. Mais Ethel ne lui donna aucune explication
lorsqu'elle se délaça de ses bras et suivit sans un mot sa
maîtresse qui lui tendait la main. Elles remontèrent en
voiture et rentrèrent discrètement au palais.

Anton rentra lui aussi, totalement dépité. Markus
essaya bien de le faire parler dans la voiture qui les
ramenait avec Franz et Friedrich, mais Anton ne desserra
pas une seule fois les dents. Seuls ses yeux gris métallique,
plutôt rougeoyants et irrités démontraient par là toute la
douleur qu'il avait du mal à contenir. Ses trois amis,
n'ayant pas eu connaissance de sa mésaventure,
décidèrent de le laisser tranquille durant le chemin et
préférèrent repenser à la soirée qu'ils venaient de vivre.
Le bal leur avait permis de faire la rencontre de plusieurs
dames ainsi que pour Franz, de la fameuse comtesse de

Welles. Alors que la voiture cahotait, c'est avec un sourire plaqué sur leurs bouches liserées d'une barbe naissante qu'ils se remémoraient chacun en silence les silhouettes de ces sublimes créatures. Elles s'étaient toutes laissé étreindre par leurs bras puissants, se délectant de leurs baisers abandonnés tantôt sur leur bouche pulpeuse tantôt dans leur cou et, sans nul doute, à d'autres endroits que la bienséance imposait de taire en cet instant…

Le lendemain matin, Anton, qui s'était levé à l'aube, revenait déjà d'une promenade faite à cheval alors que ses amis petit-déjeunaient dans la salle du restaurant de l'hôtel, dans lequel ils résidaient tous les quatre depuis un mois.

— Anton ! l'interpella Markus, tandis que celui-ci remontait les marches du premier étage pour retourner dans sa chambre.

— Qu'y a-t-il ? fit froidement Anton.

Markus le rejoignit avant d'attraper son ami par les épaules. Il le fixa quelques longues secondes avant de poursuivre.

— Anton, que s'est-il passé, hier soir, au bal masqué ? Cette jeune femme avec qui tu étais, la connais-tu ?

— C'était Emma, fit-il, désappointé les bras ballants.

— Emma ! répéta Markus. Mais alors, tu l'as enfin retrouvée !

— Oui ! Et perdue pour toujours…

— Que veux-tu dire par là ?

— Elle ne sera jamais ma femme.

Devant l'étonnement marqué sur le visage de Markus, Anton ajouta :

— Elle m'a pris pour un libertin, voilà ce qu'il y a ! Et c'est entièrement de ma faute…

Tout en secouant la tête pour intimer à son ami que la discussion s'arrêtât là, il tourna les talons et alla s'enfermer dans sa chambre. Markus rejoignit ses deux amis afin de leur raconter ce qu'il venait d'apprendre. Anton n'ayant pas informé Markus de l'état dans lequel se trouvait Dolly, tous trois ne comprenaient pas pourquoi il n'était pas d'humeur. Après tout, il avait retrouvé son Emma. Ils décidèrent d'en savoir un peu plus sur celle-ci. Ils se mirent d'accord de n'en souffler mot à Anton et de faire en catimini leurs recherches sur la jeune femme. Si elle avait assisté au bal, c'est qu'elle vivait certainement dans les parages. Alors ils comptaient bien savoir où…

Chapitre 6

Samedi 20 octobre 1810, Kentwell Park

Plusieurs jours s'étaient écoulés depuis que Dolly avait revu Anton. L'effet sur elle avait été aussi dévastateur que sur lui. Revoir l'homme qu'elle aimait l'avait plongée dans une mélancolie profonde et elle aurait bien voulu s'en ouvrir à Ethel. Malgré tout, elle se retint et préféra ne pas lui faire la moindre allusion. Elle l'avait déjà mise en danger avec son soi-disant mariage consommé. Elle ne pouvait pas, en outre, lui avouer qu'elle avait retrouvé le père de son enfant. Ethel, alors tourmentée par cette information, aurait sûrement fait quelque chose pour rendre toute sa joie à sa maîtresse devenue depuis son amie. Mais, cette fois-ci, Dolly ne voulait pas la mêler de près comme de loin à ses problèmes et risquer qu'un drame éclate. D'autant que rien n'aurait pu être changé puisqu'elle était fermement mariée ! Son mari, ne sachant rien de cette histoire, mit sa mélancolie sur le compte de sa grossesse. Ethel, quant à elle, refusait de voir Dolly se mettre dans cet état et de la laisser s'apitoyer sur son propre sort.

— Dolly ! Si vous refusez tous les repas que vous élabore Mr Holmes, il risque de faire brûler l'office, fit remarquer Ethel, un matin.

— Je n'ai tout simplement pas très faim aujourd'hui, Ethel, fit-elle d'un ton monocorde voilé d'une certaine tristesse.

— Hier et avant-hier non plus ! Et tous les jours passés, d'ailleurs ! s'exclama Ethel. Pensez à votre futur enfant et arrêtez d'être égoïste !

— Je n'ai pas d'ordre à recevoir de vous ! s'écria Dolly, soudain en colère.

Puis se ravisant immédiatement, elle rejoignit Ethel qui refaisait le lit de sa chambre.

— Excusez-moi, Ethel ! Je n'ai aucun droit de vous répondre sur ce ton alors que vous ne recherchez que mon bien-être, lui assura Dolly, les yeux brillants de larmes qu'elle contenait avec difficulté.

— Soit ! fit Ethel en lui étreignant les mains amicalement.

— Pour vous faire plaisir, je consens à boire mon chocolat, mais je ne pourrai vraiment rien avaler de plus ! annonça Dolly avec un faible sourire.

— C'est déjà ça ! s'exclama la camériste, tout en continuant à faire le lit avec un sourire aux lèvres, heureuse d'avoir gagné cette petite bataille.

À la fin de la journée – la fatigue ayant été inévitablement responsable de cette étourderie –, Dolly avait laissé échapper un sous-entendu à propos du père de son enfant. Ethel avait insisté pour en savoir plus, mais Dolly n'avait pas souhaité s'épancher plus longuement sur le sujet. Sa camériste était repartie dans ses quartiers sans obtenir d'information supplémentaire, tandis que Dolly s'était couchée contrariée de sa propre maladresse.

Durant les deux repas qui suivirent, Dolly n'avait toujours pas retrouvé l'envie de se nourrir. Alors que son mari lui en faisait la remarque lors du dîner, Dolly le fixa en se demandant comment elle pourrait être heureuse alors qu'elle n'était pas avec le père de son enfant. Elle se releva alors de sa chaise sans un bruit. Elle se saisit de son verre qu'elle vida dans le broc d'eau avant de prendre la carafe de vin, de s'en servir un verre et de le boire d'une traite. Elle le reposa bruyamment tout en se rasseyant avant de s'adresser à son mari.

Au même moment, Ethel, qui traversait la salle à manger, s'était soudainement arrêtée derrière le dos de Dolly lorsqu'elle l'avait vue boire un verre de vin.

— Mon époux, il me faut vous dire quelque chose de très délicat…

Sans relever la tête de son journal, il lui répondit de son ton froid qui le caractérisait depuis de longues années.

— Oui, mon épouse ! Dites-moi donc ce qu'il y a ?

— Eh bien… Euh… Comment dirais-je ? Je sais que je suis votre femme… Cependant… je me dois de vous avouer que j'ai retrouvé le vrai… père de…

Elle était taraudée par tant d'émotions qu'elle n'eut pas le temps de terminer sa phrase. Ethel, comprenant tout de suite où Dolly voulait en venir lui coupa la parole la faisant, au passage, sursauter.

— Oh, Madame la Duchesse m'avait assuré qu'elle me laisserait m'occuper de ce serviteur qui vole Sa Grâce.

Puis se détournant de Dolly, elle s'adressa sur un ton ferme à lord Henry.

— Si Sa Grâce veut bien excuser mon intervention, mais j'ai pour elle une information de taille !

— Poursuivez donc ! intima le duc.

— Madame la Duchesse a revu le voleur de pain pour la deuxième fois. En fait, c'est le père de celui qui nous livre. L'homme vole pendant la livraison juste avant que Mrs Jennings s'en aperçoive et…

— Oh ! Mais effectivement, ma chère ! s'écria lord Henry en coupant la parole à la cameriste. Laissez ce travail aux serviteurs et reposez-vous, plutôt ! ordonna-t-il en reprenant immédiatement, avec un agacement évident, sa lecture qu'il avait dû interrompre.

— Je suis bien d'accord avec Sa Grâce ! Madame la Duchesse ne devrait pas avoir de contrariété dans son état ou bien s'en créer inutilement ! s'exclama Ethel en lançant à Dolly un regard noir.

Après quelques secondes, le duc congédia Ethel d'un signe de la main sans relever la tête de son journal. Elle tourna donc les talons, le visage rougi par l'émotion due à cette altercation. Dolly était restée bouche bée de l'intervention de sa cameriste. Celle-ci, sans aucune gêne, avait fait preuve d'une telle aisance… pour la sauver encore une fois !

Depuis cette matinée où Markus avait apostrophé Anton, soit au lendemain du bal de la comtesse de Welles, il avait choisi de se renseigner sur la jeune femme qui avait bouleversé la vie de son ami. Alors, chaque matin depuis plus de deux semaines, les trois complices – Markus, Friedrich et Franz – quittaient discrètement l'auberge dans laquelle ils avaient pris pension. Ils voyageaient séparément pour couvrir un maximum le territoire du comté du Suffolk afin de recueillir des informations sur la jeune femme. C'est ainsi qu'ils apprirent qu'Emma était mariée au duc de Clarence et qu'elle était enceinte. Et, pour couronner le tout, qu'elle ne s'appelait même pas Emma ! En conséquence, comment donner ces informations à Anton sans le blesser plus qu'il ne l'était déjà ? Ils décidèrent de garder ces détails pour eux seuls et se mirent d'accord de n'en parler à Anton qu'en temps voulu. Ils étaient bien trop inquiets, car leur ami ressemblait à un homme prêt à se jeter sur l'autre *rive*, là où les âmes n'ont plus d'émotions.

Alors, les semaines continuèrent de s'écouler sans qu'il ne se passât quelque chose d'heureux dans la vie du comte.

Dolly, depuis peu, était rentrée dans le quatrième mois de sa grossesse et ne sortait que très rarement. Son mari était heureux de la voir tous les jours et surtout de ne l'avoir que pour lui. Elle lui occupait ses journées par des lectures et jouait aux cartes avec lui dès qu'il en avait l'envie. Elle ne lui refusait rien, même s'il la trouvait peu enthousiaste à s'exécuter.

— *Mais bon ! Une femme enceinte n'est jamais très agréable en général,* se disait-il, persuadé d'avoir déjà entendu ces paroles dans la bouche d'un autre mari, en finissant une partie d'échecs commencée trois jours plus tôt.

Dolly ne recevait que peu de personnes au sein du palais, ne dérogeant ainsi en rien aux vieilles habitudes de son mari de n'accueillir personne en sa demeure. Pourtant, Ethel était inquiète, car sa maîtresse ne se distrayait plus et se nourrissait mal depuis le bal. Qui plus est, elle l'avait surprise à parler à voix haute lorsqu'elle était toute seule.

Il y avait là de quoi s'inquiéter !

En fait, Dolly parlait tout simplement à son bébé. Mais comme elle marmonnait tout en caressant son ventre arrondi, quiconque la voyait faire pouvait tout à fait penser qu'elle perdait la raison.

Un matin, Ethel se rendit au marché avec Sofia, une

jeune servante d'origine bulgare qui venait d'être embauchée au service de la maisonnée. Cela faisait plus d'une heure qu'elles tournaient toutes les deux autour des étals lorsqu'Ethel aperçut, au loin, un homme.

Et pas n'importe lequel !

C'était son beau chevalier servant du seul et unique bal masqué auquel elle s'était rendue de toute sa vie. Comme il avait retiré ce soir-là son loup de cuir afin de mieux l'embrasser, elle avait pu voir son magnifique visage. Et depuis, elle n'avait pas cessé de repenser à son superbe corps si masculin qui ne lui avait, dès lors, laissé aucun répit en hantant tous ses rêves.

Du reste, pas n'importe quels rêves !

Ethel était une coquine qui n'était plus vierge depuis un certain temps. Il y avait quelques années de cela, son cousin l'avait surprise dans une stalle, alors qu'elle s'y était cachée pour regarder un accouplement de chevaux. Excités tous deux par ces ébats, ils en avaient fait de même. C'est ainsi que fréquemment son cousin s'était rendu chez sa tante, juste pour aller faire des promenades dans les bois avec sa cousine tout en ramassant quelques fleurs...

Aussi, lorsque Markus l'avait lutinée dans le jardin du comte de Welles, elle s'était laissé faire sans aucune gêne en rendant certainement fou le jeune homme de s'être abandonnée ainsi à ses caresses. Surtout lorsqu'elle s'était enfuie avec Dolly, le laissant ce soir-là dans une tension monstre et inapaisée. Tandis qu'Ethel arrivait à sa hauteur, celui-ci ne la reconnut pas, car à l'inverse de ce beau galant, elle avait conservé son masque le soir du bal. Toutefois, les attributs de la jeune femme ne le laissèrent pas indifférent et Markus s'intéressa soudain à cette jeune femme débordante de sensualité.

— Mademoiselle, la salua-t-il, lorsqu'elle passa devant lui en lui lançant un sourire prometteur.

— Monsieur, rétorqua-t-elle sans aucune gêne avec une moue sur la bouche.

Tout en continuant à déambuler en balançant ses hanches dans un mouvement aguicheur, elle lui lança un regard qui en disait long. Il s'excusa auprès de ses trois amis afin de suivre la jeune femme. Au détour d'un étal de fruits, il s'approcha d'elle, assez près pour saisir sa main qu'il enveloppa des siennes. Il conserva sa main pendant de longues secondes avant d'y déposer un baiser avec lenteur. Ethel ne se déroba pas à son geste et l'éclat de rire qui sortit de sa bouche ne laissa pas indifférent le jeune homme. Le souvenir de l'avoir déjà entendu lui traversa l'esprit. Néanmoins, les seules femmes qu'il avait fréquentées depuis qu'il était en Angleterre appartenaient toutes aux hautes sphères. Or cette jeune personne n'en faisait certainement pas partie ! Toutefois, ses attributs étaient bien trop attirants pour ne pas y prêter attention quelques minutes de plus…

— Aurais-je déjà eu la joie de vous avoir rencontrée, Gente Dame ? demanda-t-il en sourcillant.

— Oui, Monsieur, fit-elle avec un regard coquin.

Et tout en alliant ses gestes à ses paroles, il badina presque en lui rétorquant :

— Je suis confus, Mademoiselle, car je n'ai pas souvenir de *toute* cette beauté qui émane de ce corps si parfait.

Ethel se tourna vers Sofia qui avait rougi jusqu'aux oreilles à la suite des paroles prononcées avec entrain par Markus. Bien que la jeune fille comprît la langue anglaise, elle eut pourtant du mal à traduire les paroles de Markus – le bel accent autrichien qu'il avait y étant pour beaucoup. Mais les regards et les gestes éloquents de l'homme envers l'objet de son désir n'avaient pas besoin de mots pour être compris…

Ethel demanda donc à Sofia de rentrer seule au palais, car elle avait quelque chose d'important à faire. Après avoir congédié la jeune servante, Ethel s'approcha de Markus afin de lui chuchoter à l'oreille quelques mots.

— Au bal, Monsieur. La robe verte…

Des images défilèrent dans la tête de Markus avant de plonger plus bas vers sa virilité. Il se remémora le désir puissant qu'il avait eu pour la jeune femme avant que celle-ci ne prenne la fuite, l'abandonnant dans les jardins du comte avec ce désir inassouvi. Ils se fixèrent du regard et après de longues secondes de badinage silencieux, Markus attrapa la main de la jeune femme dans la sienne. Ils partirent tous deux, d'un pas précipité, vers l'hôtel du jeune homme et y grimpèrent rapidement les marches pour se rendre dans la chambre de Markus.

Deux heures plus tard, Ethel – comblée – repartait au palais. Quant à Markus, il ne lui était jamais arrivé de faire l'amour avec une femme comme il venait de le faire avec Ethel. Elle était si plaisante et amène qu'il n'en revenait toujours pas. Il retourna auprès de ses trois amis et s'en vanta auprès d'eux. Toutefois, sans nourrir leurs pensées par des détails qu'il estimait trop personnels !

Qui plus est, il avait appris qu'Ethel était la cameriste d'Emma. Enfin, plutôt de Sa Grâce, Mme la duchesse de Clarence comme elle le lui avait raconté entre deux gémissements de plaisir. Anton avait ressenti un léger vertige de savoir que son Emma se nommait en fait Dolly. Pourtant, s'il avait eu encore un faible espoir de récupérer la jeune femme, Markus venait par ses paroles de l'anéantir.

Un mois de plus s'écoula sans qu'Anton ne se sente capable de ressortir de la mélancolie quotidienne qui habitait son âme, et dans laquelle il s'enfonçait chaque jour un peu plus. Markus, quant à lui, voyait fréquemment Ethel dans sa chambre d'hôtel. Même si elle n'était qu'une domestique et que c'était une première pour lui d'avoir une relation dépassant plus d'une nuit avec une femme, et ce, loin d'être une aristocrate, il avait tissé un lien fort avec elle dans une relation purement physique. Et cela semblait les combler, a priori, tous les deux. Markus avait toutefois l'envie d'aller plus loin avec la jeune femme, mais la peur de la perdre s'il lui proposait quelque chose de durable l'empêchait de se déclarer. Franz et Friedrich, quant à eux, avaient rencontré quelques femmes mûres et fermement liées par les liens du mariage, qui ne demandaient pas, en revanche, de relations durables. Juste quelques badinages accompagnés de jolis présents lors de leurs retrouvailles, à l'heure du thé. C'était l'heure à laquelle leurs époux se trouvaient généralement à leurs bureaux ou dans leurs clubs de jeux, donnant à ces dames toute l'opportunité de retrouver joyeusement, en tapinois, leurs amants pendant au moins trois longues heures.

Les jours continuèrent de s'écouler les uns à la suite des autres sans qu'Anton ou Dolly ne se croisent à nouveau. Le mois de décembre voyait arriver ses dernières heures que la comtesse de Welles comptait bien passer avec les mondains des alentours. Elle avait envoyé au tout début du mois ses invitations. Le duc de Clarence en avait reçu une, ainsi que deux barons, un marquis et cinq autres comtes. Soit environ une trentaine de personnes, car presque tous seraient accompagnés de leurs épouses et quelques jeunes femmes déjà présentes sur le marché du mariage. Toutefois, plusieurs couverts avaient été rajoutés à la dernière minute ! Le comte de Welles, se trouvant cet après-midi-là au Parlement, convia plusieurs de ses Pairs à cette réception donnée comme toutes les autres, avec extravagance et fredaine ! Il était ravi par ces grands de la Couronne, ceux-ci l'ayant contenté lors du vote d'un nouveau décret arrangeant ses placements quelque peu immoraux…

Anton et ses amis se trouvaient devant le Parlement lorsque ces gentlemen en étaient ressortis. Ils furent aussitôt conviés à cette soirée par le comte de Welles qui appréciait surtout Franz. Son épouse n'ayant pas tari d'éloges sur ce bel Autrichien lorsqu'elle lui avait raconté leur rencontre puis leur premier échange de baisers…

Lorsque la voiture ducale s'immobilisa au pied du perron de la demeure du comte de Welles, Dolly sortit de la voiture de son époux en soupirant fortement. Tout comme l'aurait fait un petit félin, elle s'arrêta pour étirer ses jambes tout engourdies par la route. Cela n'avait rien de gracieux, mais elle en était presque au sixième mois de sa grossesse et celle-ci ne lui laissait aucun répit.

Le vieux comte de Welles, guettant depuis plus d'une vingtaine de minutes par une fenêtre du salon l'arrivée de ses convives, avait dévalé les quelques marches de l'entrée afin d'accueillir lui-même ses invités.

— Si Sa Grâce et Sa Grâce veulent bien se donner la peine ! s'exclama-t-il le dos courbé dans une posture de soumission lorsqu'il aperçut Henry et son épouse qui étaient les premiers à arriver.

Le duc le salua brièvement, car, bien qu'il aimât que l'on s'abaisse devant lui, cette politesse chez certains le rendait méfiant et l'agaçait presque. Il se détourna de son hôte et attrapa fermement le bras de Dolly afin de l'aider à monter les petites marches de l'entrée.

Ou bien était-ce pour se tenir afin de ne pas tomber ?

Ils furent installés tous deux dans le salon d'hiver et un verre de vin chaud sucré leur fut servi aussitôt. Les autres invités ne tardèrent pas à arriver, eux aussi. Après un ballet incessant du comte qui n'arrêtait pas de faire des allers-retours entre l'entrée et le salon, afin de tous les accueillir – comme la bienséance le voulait –, ils se retrouvèrent tous dans le grand salon bleu à *siroter* un verre de champagne, de vin ou bien de limonade en attendant de passer dans la salle d'apparat pour le dîner. Anton, qui ne s'était pas trop bien senti lors de son arrivée, s'en était allé directement prendre l'air dans le parc. Lorsqu'il entra enfin dans la demeure, il remarqua immédiatement Dolly assise sur un sofa. Son cœur se mit à battre si fort qu'il ressentit l'afflux de sang monter à sa tête. Malgré la douleur que cela lui causa, il ne put s'empêcher de la regarder avec toute la passion qui brûlait toujours en lui. Mais lorsqu'il imagina son ventre arrondi, qu'elle cachait sous une tenue aux multiples plis, sa colère envahit de nouveau ses pensées. Le visage fort contrarié, il continua toutefois à fixer la jeune femme. Quant à Dolly, lorsqu'elle croisa le regard de son bel étranger, son cœur se mit à battre la chamade et une forte rougeur naquit sur son visage. C'est avec difficulté qu'elle continua d'écouter la comtesse de Faithwood lui raconter l'un de ses voyages, fait à Bath dernièrement. Anton fut interpellé et se détourna de Dolly. De ce fait, elle le perdit du regard.

Lors du cocktail devançant le dîner, toutes sortes de petits toasts avaient été servis accompagnés de boissons plus ou moins alcoolisées. Durant cette mise en bouche, le duc de Clarence n'avait pas démenti son addiction pour les liquides fortement alcoolisés. D'autres gentlemen avaient également suivi le même chemin, toutefois, sans atteindre le degré de lord Henry.

A priori, il restait imbattable sur la levée du coude !

Le dîner fut annoncé par le majordome qui, pour se faire, frappa le sol de trois petits coups secs avec une longue tige en fer magnifiquement forgé. Par ce geste, obtenant toute l'attention des convives, il les invita à se relever des sofas et autres fauteuils, sur lesquels ils avaient été installés, afin de traverser le salon pour se rendre dans la grande salle à manger. Aussi arrivèrent-ils devant les grandes portes de celle-ci, les uns à la suite des autres, attendant chacun leur tour afin d'y pénétrer. Ils furent ensuite tous guidés vers leurs places autour de la grande table ovale qui trônait au centre de la magnifique salle, richement décorée. Dolly s'aperçut qu'elle se trouvait placée entre son mari et Anton. Comme derrière chaque chaise haute se trouvait un simple valet attendant sobrement de pouvoir repousser celle-ci sous le postérieur de chacun de ces mondains, ceux-ci prirent place tous en même temps. Tous les valets, dans un geste identique, s'acquittèrent de leur unique tâche de la soirée dans un mouvement d'une précision d'orfèvre. Seul le bruissement des pieds de chaises qui glissaient sur l'épais tapis – représentant une scène de joute ancienne – se fit entendre avant que chaque aristocrate ne se remette à discuter avec son voisin de table.

Mal averti, le valet situé derrière Dolly avait trop repoussé sa chaise, la comprimant sur le rebord de la table. Une vague d'émotion la traversa lorsqu'Anton l'aida à se rajuster. Son mari n'en prit pas ombrage et ne s'opposa nullement à ce que le jeune homme l'aidât. Il trouva même agréable que toute la gent masculine soit si attentive à la beauté de son épouse.

Lorsqu'Anton prit place à son tour, il frôla le bras de Dolly, qui rougit encore plus, si tant est que cela lui fût possible. Après plusieurs minutes, le bel étranger tira discrètement sur la manche de sa robe afin de faire glisser la main de la jeune femme sous la table. Il attrapa celle-ci dans la sienne en la pressant tendrement. Dolly ne bougeait plus. Son souffle se coupa et une chaleur intense envahit son corps. Elle ressentit au creux de son ventre les secousses de son bébé comme si ce petit être avait reconnu la main de son père. Elle tourna la tête vers Anton qui la fixait de ses belles prunelles grises. Sans un mot, ils mélangèrent leurs doigts dans une danse sensuelle avant que le comte de Welles ne les interrompe en levant son verre à l'assemblée. Ils l'imitèrent tous, même si Anton eut un mal fou à relâcher la main de la jeune femme pour se saisir de son verre de vin.

Le repas dura une éternité pour Dolly. Elle était fatiguée et surtout en plein émoi causé par les gestes tendres qu'Anton lui dispensait sous la table. Par des pressions douces, son pied recherchait intensément le sien. Elle s'abandonna à ces contacts durant tout le repas, ne pouvant résister à toutes ces merveilleuses sensations qui prenaient possession de son corps. Elle était telle une abeille qui ne pouvait s'empêcher de butiner une belle fleur qu'on lui aurait glissée sous les antennes. Finalement, ces messieurs laissèrent ces dames entre elles, afin d'aller prendre un brandy suivi d'un bon cigare dans le salon fumoir. Anton fixa Dolly avant de quitter la salle. Ce regard n'échappa pas à la comtesse de Faithwood qui lui en fit la remarque en la taquinant. Sans jalousie, certes, car elle était bien avancée en âge et aurait même pu être la mère de la jeune femme ! Qui plus est, Friedrich – plus âgé qu'Anton et que ses deux autres complices – était son soupirant de l'heure du thé. Or, avec lui, elle avait pu profiter dans l'après-midi juste avant cette réception, d'un rendez-vous rapide, mais fort délicieux.

Soudain, Dolly eut la nécessité de satisfaire un besoin urgent – sa grossesse ne lui laissant aucun répit de ce côté-là non plus. Markus, revenant sur ses pas pour récupérer dans la salle à manger son étui à cigares oublié sur la table, aperçut Dolly qui sortait par une petite porte dérobée située à l'opposé de celle qu'il venait d'emprunter. Il retourna rapidement dans le salon fumoir afin d'aller prévenir Anton, puis il se tourna ensuite vers le duc de Clarence qu'il décida d'occuper par des questions flatteuses pour le vieil homme qu'il était.

— Dolly ! prononça Anton d'une voix grave et basse, lorsqu'il aperçut la jeune femme devant le seuil d'une pièce apprêtée uniquement pour les ablutions et autres nécessités des invités.

— Ô mon Dieu ! dit-elle, figée sur place, avant de reculer d'un pas.

Il arriva à sa hauteur et elle n'eut pas le temps de dire un mot de plus. Il écrasa ses lèvres sur les siennes avant de relever la tête et de l'entraîner dans un petit salon adjacent à la pièce toute décorée d'une faïence d'un blanc et bleu brillant, qu'ils venaient de quitter. Là, il reprit ses lèvres dans un tendre baiser chaud et elle se laissa faire, enivrée par son odeur qui lui avait tant manqué. Elle mit quelque temps à recouvrer l'usage de son cerveau. Elle ne pouvait pas être vue dans les bras d'un homme autre que son mari, surtout dans la situation dans laquelle elle se trouvait.

Elle aimait Anton, cela ne faisait aucun doute !

Mais ce n'était pas avec lui qu'elle était mariée. Qui plus est, Henry n'avait rien fait de mal pour qu'elle le punisse par une tromperie qu'il ne méritait pas. Elle l'avait déjà dupé par sa grossesse mensongère, elle ne pouvait pas en plus le tromper sciemment ! Qui plus est, cela finissait toujours par se savoir. Lorsque ses pensées devinrent plus claires au bout de plusieurs longues minutes, sa réaction surprit le jeune homme.

— Anton ! Arrêtez ! Je vous en prie ! l'implora-t-elle en mettant ses deux mains contre son torse puissant.

— Vous ne pouvez me demander cela. Je vous aime, Emma, Dolly, qui que vous soyez ! fit-il en glissant ses doigts de chaque côté du visage de la jeune femme afin de l'embrasser à nouveau.

— Je ne peux, Anton, réussit-elle à dire en se dégageant doucement de ses lèvres. J'appartiens à quelqu'un d'autre et vous le savez, rétorqua-t-elle dans une voix de désolation, en le repoussant doucement avec ses mains.

— Je me moque de votre mari ! Demandez une séparation ! Fuyons même ! J'accepterai votre enfant comme s'il était mien ! Je…

— Non ! le coupa-t-elle, affolée par ses dernières paroles.

Elle le fixa en retirant ses doigts qu'Anton avait enveloppés de ses mains.

— C'est trop tard ! C'est impossible ! Si vous avez de l'estime pour moi, laissez-moi tranquille. J'appartiens dorénavant à quelqu'un d'autre, ajouta-t-elle en se rentrant les ongles dans la paume de sa main à s'en faire presque saigner. Vous ne devez plus essayer de me revoir, je vous en prie ! le supplia-t-elle.

Son cœur lui faisait affreusement mal !

Celui d'Anton se déchirait également !

Les paroles qu'elle venait de prononcer empoisonnaient sa bouche. Elle n'aurait jamais cru pouvoir dire ces mots à l'homme qu'elle aimait tant. Son cœur n'appartenait qu'à lui, et à lui seul. Mais elle ne pourrait jamais le lui avouer !

Le visage d'Anton s'était décomposé lorsqu'il l'avait entendue dire qu'elle appartenait à quelqu'un d'autre que lui. Une douleur le traversa brutalement à son insu. Il ne contrôlait plus rien ! Il n'arrivait plus à penser, même à bouger tandis qu'elle se penchait vers lui. C'est avec le regard au bord des larmes qu'elle déposa un tendre baiser sur sa joue. Tout en recevant une décharge électrique dans le corps, Anton ressentit qu'elle lui disait adieu au travers de ce geste clairement amical.

Elle ne voulait pas de lui !

Sorti de sa torpeur et blessé au plus profond de son âme, il conserva tout de même une allure droite et fière lorsqu'il la salua d'un signe de tête et qu'il tourna les talons afin d'aller retrouver les hommes dans le salon fumoir. Quant à Dolly, avant de retourner dans la salle d'apparat, elle était rentrée à nouveau dans la pièce prévue pour les nécessités. Assise devant un petit miroir ovale, elle essuyait les larmes qui ne demandaient qu'à jaillir de ses beaux yeux vert clair. C'était à cet instant qu'elle s'était fait surprendre en pleurs par la comtesse de Faithwood. Avec la douceur d'une mère, la comtesse l'avait réconfortée. Dolly, bien qu'elle en mourût d'envie, n'avait pu lui avouer pourquoi elle était si triste. Elle aurait tant aimé s'en faire une confidente ! La seule chose qu'elle réussit, ce fut de lui faire croire que sa grossesse perturbait ses émotions. Mais la comtesse n'était pas dupe ! Toutefois, la jeune duchesse lui plaisait assez pour qu'elle lui épargnât la moindre contrariété en évitant de la contredire.

Un peu plus tard dans la soirée, les hommes avaient retrouvé les femmes sur la terrasse afin d'admirer un feu d'artifice tiré du jardin. Celui-ci avait été remarquable. Mais Dolly ne l'avait pas vraiment contemplé. Durant tout ce temps, elle avait senti le regard qu'Anton portait sur elle et lorsqu'elle avait tourné son attention vers lui, elle avait été prise d'un léger vertige de voir son visage si dur et son regard si triste. Elle avait été sortie de son mal-être lorsque les invités avaient applaudi tous en même temps la fin de cette distraction. Mais maintenant que minuit sonnait, les convives en profitaient pour lever leur verre à ce changement d'année. Certains saluaient les dames d'un simple mouvement de chapeau. D'autres dépassaient la barrière du rituel baisemain donné aux dames en se laissant aller à une accolade parfois bien loin de la bienséance – la soirée ayant été arrosée par les meilleurs vins et alcools de la réserve du comte de Welles, sans oublier que le badinage était d'usage en ces lieux.

Alors que Dolly regardait Anton sans savoir quoi faire, avec une forte hésitation à se diriger vers lui, il la fixa avant de se diriger lui-même vers la fille de la comtesse de Welles. C'était une jeune fille dont la beauté n'était pas encore femme. Elle avait été autorisée à sortir de sa chambre pour assister à l'évènement. Le fait qu'elle soit à peine assez âgée pour se rendre à son premier bal ne dérouta pas Anton. Encore qu'il lui aurait fallu la regarder pour se rendre compte de sa jeunesse. Mais ses pensées étaient toujours troublées et son esprit ailleurs. C'est pourquoi lorsqu'elle lui tendit la joue audacieusement et qu'il l'embrassa dessus affectueusement, cette attention ne le fit pas se sentir discourtois. Seulement, peut-être, lorsqu'il releva la tête et qu'il lui présenta un sourire confus. Il se détourna de la jeune fille quand soudain, il aperçut Dolly le foudroyant du regard. Elle avait la bouche pincée et un sentiment de jalousie venait de lui traverser le corps. Elle attrapa le bras de son mari et s'y accrocha, impuissante devant cette douleur qui ne faisait que s'amplifier.

Après encore un dernier verre, le duc de Clarence, fatigué, remercia ses hôtes et quitta leur demeure accompagné de son épouse. Pour une fois, elle était reconnaissante envers son vieux mari qu'il écourte ainsi leur visite. Lui faisant face dans la voiture, lord Henry la fixait de son petit regard perçant. Dolly lui semblait épuisée. Elle n'avait plus ouvert la bouche après le lancement des feux d'artifice. Et comme il put le remarquer, en cet instant, elle n'avait pas l'envie de discuter avec lui, car cela faisait deux fois qu'il discourait tout seul sur la médiocrité de la soirée…

Dolly, installée confortablement sur la banquette garnie de coussins de velours remplis de duvet d'oie, se détendit. La chaleur s'échappant de la chaufferette qu'on lui avait placée sous les pieds devait y être certainement pour quelque chose. Puis, avec le cahotement de la voiture, elle ne tarda pas à s'endormir. Ainsi, elle n'entendit plus son affreux mari poursuivre ses critiques acerbes tout le temps que dura le retour au palais. Le duc s'était toutefois trouvé inquiet de ce silence qu'elle lui avait imposé bien avant leur départ. D'autant qu'elle s'était couchée aussitôt arrivée. Elle l'avait juste rassuré avec le même discours qu'elle avait servi à la comtesse de Faithwood. Son mari, satisfait par cette réponse, l'avait délaissée pour aller prendre un dernier verre de vin. Finalement, assez aviné pour la nuit, il s'en était allé imiter sa femme.

Chapitre 7

Jeudi 14 février 1811, ville de St Edmundsbury

Le comte von Kinsky et ses trois amis avaient été conviés à plusieurs déjeuners et dîners depuis qu'ils avaient rencontré un grand nombre de mondains le soir du jour de l'an, chez le comte de Welles. Cela avait permis à Anton de se changer les idées, à Franz et à Friedrich de voir de nouveaux visages féminins et à Markus... Eh bien ! Rien de nouveau pour Markus, si ce n'est qu'il était encore plus épris d'Ethel que jamais !

Au fil de ces jours, Anton décida de ne plus songer à Dolly et sembla, d'ailleurs, y parvenir. Enfin, c'est ce dont il se persuada afin d'essayer d'arrêter la douleur que son cœur lui infligeait au quotidien. Il avait décidé de s'ouvrir un peu plus aux personnes qui croisaient son chemin, afin de se sortir de la tête la duchesse de Clarence. C'est ainsi qu'il avait rencontré la semaine précédente – lors d'une exposition de peinture – une jeune femme d'une vingtaine d'années, prénommée Clarisse. Elle était la fille d'un homme d'affaires, sans titre mais fort aisé. Ce père approuva les fréquentes visites que ce jeune comte rendait à sa fille aînée. Anton appréciait la compagnie de Miss Dolene bien qu'il s'en tienne à des promenades, des sorties mondaines ou bien des invitations à dîner chez les parents de la jeune femme. Il n'échangea avec elle qu'un ou deux chastes baisers. Ces gestes d'attention, toutefois trop légers pour démontrer une intention plus grande, n'empêchèrent pas Miss Dolene de s'éprendre du comte von Kinsky. En effet, elle était persuadée qu'il lui témoignait son amour par ses visites devenues presque quotidiennes. À tout le moins, c'est ce que toute jeune femme dans son cas aurait pu croire…

Il est vrai qu'Anton restait ambigu sur ses motivations, c'est pourquoi Markus l'interrogea un matin, le surprenant par ses questions.

— Peux-tu me dire ce qu'il se passe avec la fille de Mr Dolene ?

— Non ! répliqua Anton sans plus de précision.

— Non ? insista Markus.

— Ça ne te regarde pas ! Et non sera la seule réponse que tu auras de ma part.

— Tu plaisantes ! Tu témoignes à Clarisse de l'affection que tu n'as pas et c'est la seule réponse qui te vient à l'esprit ! persista son ami.

— Je te rappelle que je n'ai pas de comptes à te

rendre ! Et que pour toi, ce sera toujours Miss Dolene, ne l'oublie pas !

— Bien ! Joue avec le feu, si cela te chante ! cracha Markus.

— Tu n'es que mon serviteur ! Tu n'as aucun droit de venir interférer dans ma vie ! Et ceci vaut également pour Franz et Friedrich ! ajouta Anton, fou de rage d'un seul coup.

— Bien ! Mais le petit serviteur qui te sert depuis des années va te dire quand même ce que tu es : un égoïste ! Lorsque tu as perdu Miss Karolina, tu n'y pouvais rien et personne n'aurait pu y faire quoi que ce soit ! Et concernant lady Dolly, même si tu l'as perdue aussi, tu sais qu'elle t'a aimé ! Pourtant, là, tu ne vas pas hésiter à faire souffrir Miss Dolene ! Tu n'as aucune inclination de cœur la concernant, alors qu'elle, elle t'aime ! Malgré tout, tu préfères jouer à faire semblant de courtiser une jeune femme dans un jeu infantile qui ne t'amènera qu'à rester malheureux jusqu'à la fin de tes jours !

Devant le silence d'Anton, Markus poursuivit.

— Mais tu as raison ! Je me mêle de choses qui ne me regardent pas ! Aussi, je préfère partir plutôt que de rester à te regarder accueillir une vie sans joie dans ton cœur…

Markus sortit de la chambre de son ami en claquant la porte. Anton termina de se préparer avant de se rendre comme prévu à l'invitation à dîner chez les parents de Miss Dolene. Markus, quant à lui, était parti rejoindre ses deux acolytes. Tous trois avaient passé la soirée ensemble, dans un lieu éloigné de l'hôtel dans lequel ils avaient pris pension. Entre l'entrée et le plat, Markus avait confié à Franz et à Friedrich quelques doutes qui le taraudaient depuis un petit moment. Il leur raconta que lors de plusieurs soirées passées avec Anton et Miss Dolene, il n'avait pas ressenti que leur ami ait réellement des sentiments profonds pour la jeune femme.

Or, s'engager dans une telle conversation avec Franz et Friedrich, coureurs de jupons notoires, semblait plutôt voué à l'échec…

Comme tous deux ne cherchaient surtout pas à se faire passer la bague au doigt, ils avaient taquiné Markus, l'accusant d'être devenu un homme romantique depuis qu'il fréquentait Ethel. Cependant, ils s'arrêtèrent aussitôt de l'asticoter lorsque Markus leur donna les termes exacts qu'Anton avait utilisés pour les qualifier tous les trois. Ses amis se mirent en colère et en eurent soudain après Anton. Mais leur colère était également dirigée contre eux-mêmes, car tous trois se sentaient impuissants devant ce qui arrivait à leur ami d'enfance. Au lendemain de cette conversation, ils s'en étaient expliqués avec Anton et, après une dispute quelque peu sérieuse, Markus, Franz et Friedrich l'avaient quitté fâchés. Depuis peu, ils le voyaient de moins en moins. Mais ce manque de fréquentation ne les empêchait pas de surveiller toujours de loin leur ami. Ils avaient été mis à son service par ses parents, et ce, depuis qu'ils savaient tenir une épée. Il n'était donc pas question de manquer à leur devoir !

Malgré ce froid qui s'était installé entre eux, Anton n'avait jamais considéré les trois hommes comme ses serviteurs. Mais leur avouer cette vérité était encore trop difficile pour lui. Il préférait rester dans cette froideur où il se sentait protégé de tout sentiment amical qui aurait pu faire éclater son cœur déjà brisé.

Un soir, Markus s'épancha auprès de sa belle Ethel au sujet de ses déboires avec Anton. Elle l'avait aussitôt consolé comme on réconforte un homme, en lui faisant l'amour jusqu'à oublier son propre prénom...

Il était vrai que Markus voyait Ethel le plus souvent possible. Ils avaient beau se faire croire que leur relation ne s'en tenait qu'au physique, ils s'échangeaient à tout-va de longs murmures, de tendres mots doux assortis de caresses très affectueuses. Lors d'une nuit, où Ethel était venue lui rendre visite dans sa chambre, Markus avait ouvert une bouteille d'eau-de-vie blanche — un alcool bien plus fort que ceux que la jeune femme avait l'habitude de boire. Ethel, heureuse d'être dans les bras de son galant, avait bu plus que de raison. Ses sens tout étourdis par le liquide capiteux, elle avait laissé échapper quelques renseignements sur ses maîtres. Markus avait donc appris que la duchesse était enceinte de presque sept mois alors qu'elle avait épousé son mari il y avait un peu plus de six mois et qu'elle ne partageait jamais la couche du duc. Comme Ethel lui avait raconté toute cette histoire sous l'emprise de l'alcool, il décida de ne pas révéler ces nouvelles informations à ses amis. Il estimait la jeune femme et voulait attendre qu'elle se confie d'elle-même à lui pour pouvoir en discuter avec eux. Il décida, quelques jours plus tard, d'aborder ce sujet avec elle.

— Ma douce, seriez-vous gênée si je vous disais que vous m'avez révélé quelques frivolités de vos maîtres ? l'informa-t-il en embrassant sa main avant de continuer en remontant sur son bras puis jusqu'à son épaule.

— Fichtre !

— Fichtre ? répéta Markus en s'arrêtant de l'embrasser tout en relevant ses sourcils.

— Juste ciel ! Dites-moi que vous n'avez pas répété mes paroles, je vous en prie ! le supplia-t-elle en se mettant presque à genoux devant lui.

— Oh, ma reine de l'amour ! N'ayez aucune crainte. Jamais je ne vous trahirai. Vous m'êtes trop précieuse, fit-il en la relevant et en l'enlaçant dans ses bras avant de lui donner un baiser étourdissant.

Il la porta jusqu'à son lit où il la dénuda délicatement avant de lui faire connaître à nouveau tout l'amour qu'il lui vouait. Après s'être sustentée, Ethel — toujours allongée dans le lit de Markus — commença à lui parler de sa maîtresse. C'est ainsi que Markus en apprit bien plus qu'il ne l'aurait souhaité. Sa reine de l'amour lui avait dit, en sus, que Dolly n'avait jamais été éprise de son mari et que tout cela n'était qu'une mascarade à la suite d'un marché passé entre deux adultes consentants. Par précaution, Ethel avait démenti ses aveux passés concernant la grossesse de Dolly. Dans leurs échanges,

Markus lui avait avoué que le comte von Kinsky était fortement épris de sa maîtresse avec laquelle il avait passé une nuit passionnelle, il y avait environ sept mois. Dès lors, Ethel en déduisit la possibilité qu'Anton soit le père de l'enfant, mais elle se retint – avec difficultés certes ! – de laisser ce raisonnement franchir la barrière de ses lèvres. Elle décida qu'elle n'avait aucun droit de trahir son amie. Si quelqu'un devait avouer à Anton que Dolly portait son fils dans ses entrailles, c'était bien à Dolly et à elle seule de le faire !

De cette discussion, Markus conclut que c'était bien le futur duc de Clarence qui grandissait en elle. Lorsqu'il retrouva plus tard ses amis, il ne leur souffla pas un mot de ce qu'il avait appris. Rien de toute cette histoire n'apporterait un réconfort à Anton. Au contraire, ceci ne ferait plutôt que l'attrister.

Les jours continuaient de s'écouler et Anton semblait s'être véritablement rapproché de Miss Dolene. Ces attentions rassurèrent quelque peu ses trois amis lorsqu'ils s'en rendirent compte, alors qu'ils le surveillaient un soir, lors d'une réception à laquelle ils avaient tous été conviés.

Les derniers jours du mois de février passèrent très lentement pour Dolly, qui avait toujours le cœur en peine et l'esprit plongé dans la mélancolie. Pourtant, sa grossesse la maintenait dans une beauté resplendissante. Ses formes étaient devenues plus généreuses, encore que sa silhouette restât élancée. Cependant, chaque jour passé la laissait dans un abandon de tristesse et de morosité.

Alors que le mois de mars était déjà joliment entamé, Dolly n'avait pas revu Anton depuis le début de l'année. Toutefois, des potins de vieilles rombières lui étaient parvenus aux oreilles lors des quelques sorties journalières qu'elle faisait chez ses connaissances. De ces cancans, certains vétilleux, elle avait appris qu'Anton voyait fréquemment une jeune femme de la bonne société et qu'il en était assez amoureux pour annoncer prochainement, au grand jour, des fiançailles. D'autres pariaient déjà sur leur mariage avec un établissement durable, précisément à Londres. Dolly n'était qu'au début de son huitième mois et pourtant, elle souhaitait accoucher au plus tôt. Tous ces racontars sur la vie d'Anton l'écœuraient et l'incommodaient rien qu'en y repensant. Or, bien qu'elle s'abandonnât à croire qu'il avait droit à cet amour, en vérité elle en mourait de jalousie. Tout cela lui pesait sur le cœur autant que sa grossesse lui pesait sur le corps…

Quelques jours plus tard, le duc s'agaça en voyant que son épouse n'était plus du tout souriante et que son amabilité semblait avoir disparu. Il estimait que Dolly avait tout pour être heureuse à ses côtés et exigeait de ce fait qu'elle lui en soit reconnaissante. Aussi, une dispute éclata entre eux.

Enfermée dans ses appartements, Dolly avait l'envie de fuir le domaine de son mari, ne serait-ce que pour quelques heures. Mais elle ne savait où se rendre si elle se décidait à mettre en pratique ce souhait. Surtout dans l'état où elle se trouvait. Était-ce d'ailleurs sa grossesse qui lui faisait ne plus supporter la mauvaise humeur quotidienne de son époux ? Même l'odeur de ce dernier l'incommodait !

En voulant se saisir d'un petit roman déposé sur une étagère située au-dessus de son petit secrétaire, elle retrouva sur le plateau de cuir de celui-ci un pli encore doté de son sceau qu'elle fit sauter. C'était une invitation qui datait déjà de plusieurs jours et qui provenait de la comtesse de Faithwood. Dolly savait donc maintenant que se jouait ce soir, chez son amie, un concerto pour piano accompagné d'un violoncelliste. Elle songea qu'elle pourrait toujours y aller et écouter cette symphonie d'un salon mitoyen. Sans en demander la permission à son mari, elle décida de s'y rendre. Elle sonna Ethel afin qu'elle vienne l'habiller. Trente minutes plus tard, le résultat était époustouflant. Entre son regard vert clair et sa tenue de la même couleur, elle était resplendissante de beauté, comme toujours. Une fois apprêtée, elle lui demanda de faire porter au duc le pli qu'elle lui tendit, mais seulement après son départ du palais. Ethel se sauva aussitôt à l'office afin de trouver le majordome tout en lui passant le message de la duchesse. Elle courut ensuite prévenir les pages et les cochers de préparer pour *Sa Grâce*, Madame la Duchesse, la voiture ducale. Une demi-heure plus tard, accompagnée d'Ethel, Dolly *s'enfuit* provisoirement de Kentwell Park. Le duc étant trop las pour se lancer à la poursuite de sa jeune épouse, il se dit qu'elle reviendrait rapidement dans le nid douillet qu'il lui avait offert en l'épousant. Avec un sourire qui ressemblait plus à une grimace, il demanda simplement à Mr Parker de lui faire servir son dîner accompagné d'un de ses meilleurs vins...

Les deux jeunes femmes avaient été installées confortablement dans la voiture ducale où, pour seule escorte, les attendaient les quatre pages et les deux cochers. Elles se rendirent alors à cette soirée en à peine une petite heure. Lorsqu'elles arrivèrent dans le hall d'entrée du comte de Faithwood, Ethel fut aussitôt dirigée vers la porte arrière donnant sur l'office. Quant à Dolly, elle fut accueillie avec tout le prestige que son rang lui octroyait. Pourtant, son arrivée resta secrète. Il était inconvenant de se montrer dans l'état délicat où elle se trouvait. Il valait donc mieux, pour rester bienséante, rester cachée aux yeux des invités qui, déjà, étaient plongés dans d'enthousiastes conversations. Un flot de paroles s'évacuait du grand salon bleu dans lequel plusieurs rangées de chaises avaient été installées pour les convives. La comtesse conduisit alors discrètement Dolly dans le petit salon jaune qui avait la particularité de permettre d'entendre tout ce qui se passait dans la pièce bleue. Elle pourrait écouter sans soucis la symphonie des talentueux musiciens qui attendaient sagement que le concerto soit annoncé. Dolly s'installa confortablement sur un petit sofa et la comtesse dut l'abandonner quelques minutes au profit de l'accueil de nouveaux convives qui venaient d'être annoncés par le majordome.

La jeune duchesse attrapa son petit éventail et soupira d'aise en se laissant retomber de sa posture droite sur le dos du sofa moelleux. Elle se redressa aussitôt qu'elle entendit toquer à la porte. C'était la bonne qui lui apportait une tisane et quelques petits biscuits à la cannelle tout juste sortis du four. Elle savoura le breuvage et se permit même de tremper quelques petits gâteaux dedans. Toutefois discrètement, car ceci ne se faisait pas…

Elle apprécia le début de cette soirée, même si personne ne vint vraiment la voir. Aurait-il encore fallu que les invités aient connaissance de sa présence ? Alors qu'elle pensait se trouver tranquille ici, installée sur ce petit sofa, la porte du salon que la bonne avait oublié de refermer s'entrouvrit. Installée dos à la porte, elle tourna légèrement la tête et fut étonnée de voir entrer dans le salon une jeune femme d'une blondeur exceptionnelle suspendue au bras d'Anton. Elle poussa un petit cri lorsqu'un pincement au cœur la prit au dépourvu. Surpris tous deux et sans vraiment voir la personne qui se trouvait dans ce salon, ils ressortirent aussitôt en marmonnant quelques excuses. Dolly endurait le martyre. Elle voulait s'enfuir, mais ne pouvait plus bouger. Elle suffoquait tandis qu'Anton essayait dans le corridor de calmer la jeune femme qui l'accompagnait. Celle-ci était tellement émotive à la vue de tous ces aristocrates qu'Anton avait songé lui faire reprendre ses esprits dans une pièce voisine. Mais, a priori, le salon jaune était déjà occupé…

Tant bien que mal, Dolly réussit à se ressaisir. Oh, comme elle aurait pourtant voulu avoir Ethel à ses côtés ! Mais sa camériste était déjà bien occupée. Markus qui, dès son arrivée, avait décidé de fumer un cigare à l'extérieur dans le parc l'avait surprise alors qu'elle rentrait par la porte de derrière. Il avait gardé sa main plus longuement que prévu dans la sienne avec une envie folle d'embrasser la jeune femme. Le regard qu'Ethel lui avait retourné était celui d'un cœur amoureux. Ils avaient continué à se tenir la main malgré le regard aigri que l'une des bonnes, qui passait par là, avait lancé à Ethel. Mais tous deux s'en moquaient aisément. Il faut dire qu'auprès de Markus, Ethel se sentait Dame et non une simple femme de chambre. D'ailleurs, Markus faisait tout pour la traiter avec respect, tant en privé qu'en public. À croire que ce séduisant galant avait le cœur amoureux autant que sa belle…

Après quelques rafraîchissements servis dans le salon bleu, le concerto débuta. La musique des instruments à cordes était si enivrante et si légère que la mélancolie rattrapa Dolly, qui avait pourtant réussi à retenir ses émotions depuis une demi-heure. Elle essuya quelques larmes discrètement avec son mouchoir de coton. Un entracte fut annoncé donnant lieu à des échanges courtois entre invités. La comtesse se rendit auprès de Dolly, échangea quelques paroles avec elle et lui annonça qu'elle lui avait commandé à dîner. Celui-ci, d'ailleurs, ne devrait plus tarder, lui annonça-t-elle avant de repartir vers un autre salon voisin retrouver les mondains. Ceux-ci s'étaient tous déplacés dans le petit salon vert afin de prendre un rafraîchissement. Anton entendit la comtesse dire en messe basse à une de ces connaissances que la duchesse de Clarence se trouvait dans le petit salon jaune. Il ne put s'empêcher de vouloir la revoir et profita de cet intermède pour se rendre auprès d'elle. Dolly avait délaissé le petit sofa pour s'installer confortablement dans un cabriolet faisant front à la porte en chêne joliment ciselée. Tout en activant élégamment son éventail devant son visage et en tournant les pages d'un livre de poésie qu'on venait de lui apporter, elle se mit soudainement à blêmir en voyant Anton entrer dans la pièce où elle se trouvait. Surtout lorsqu'il se dirigea vers elle alors que cette jeune femme blonde, arrivée avec lui, était toujours fermement accrochée à son bras. Elle plongea aussitôt le nez dans son petit livre et imagina que cela suffirait pour qu'ils ressortent dudit lieu si elle faisait semblant de ne les avoir pas vus. Mais en vain. Anton la fixa de son beau regard métallique et lorsqu'elle plongea son regard dans le sien, elle put lire aussitôt sur son visage tout le désir qu'il avait d'elle. Sans qu'elle ne puisse se contrôler, son visage se métamorphosa et une joie immense envahit ses jolis traits. Percé à jour, c'est très contrarié qu'Anton s'adressa à elle.

— Madame la Duchesse, la salua-t-il sans dévoiler aucune émotion avec un léger hochement de tête.

Cette intonation glaciale eut un effet instantané sur la physionomie de Dolly, toujours si expressive. Se retrouvant ainsi perturbée, au lieu de lui servir son titre, elle le prénomma dans un murmure, le regard perdu.

— Anton…

— Madame la Duchesse, je ne peux vous laisser m'appeler si familièrement devant Miss Dolene, ma future épouse ! rétorqua-t-il afin de la blesser autant qu'il l'était.

En entendant ces mots, la jeune femme blonde eut un éblouissant sourire et s'accrocha encore plus à son bras. A priori, Anton ne lui avait pas encore fait sa demande. Il se tourna vers Miss Dolene devant laquelle il posa un genou à terre et prononça les mots que toute femme attend de l'homme qu'elle aime. Il ôta sa chevalière en or, ornée du monogramme de sa famille et qu'il portait depuis des années au petit doigt, avant de la glisser à l'annulaire de la jeune femme qui venait de lui dire *oui*. Dolly sentit tout son sang quitter son visage alors qu'Anton lui jetait un dernier regard froid avant de disparaître avec sa future compagne. Des convives, qui s'étaient égarés dans le corridor et qui avaient assisté à la demande, félicitèrent le jeune couple. Dolly entendit soudain des félicitations provenir d'un peu partout de la part des invités pour l'annonce de cette grande nouvelle qui s'était répandue comme une traînée de poudre. Tout le monde, a priori, l'avait même attendue plus tôt. C'en était trop pour Dolly. Elle ne pouvait en supporter plus. Elle suffoquait et n'arrivait plus à prendre d'air dans ses poumons. Sa gorge et sa poitrine semblaient se consumer et tout son corps avait mal. Lorsqu'elle ressortit en courant de la pièce, personne ne semblait faire attention à elle, car tous les convives s'étaient déplacés au fond de la salle, vers les tables de rafraîchissements levant ainsi leur verre à la santé des futurs mariés. Afin de fuir cette insupportable scène, Dolly repartit dans la direction opposée et se retrouva près de l'office. Avec une soudaineté sans pareil, une douleur lui vrilla le bas du ventre. Elle sentit aussitôt un liquide chaud dégouliner le long de ses jambes. Comprenant que le travail de délivrance avait commencé, elle héla discrètement une bonne qui appela à la rescousse le valet de pied qui passait à leurs côtés. Ce dernier n'eut pas le temps de se rendre dans l'office. Il se trouva nez à nez avec Ethel et Markus qui avaient décidé de profiter de l'un des multiples salons de la demeure. Ethel arriva rapidement, mais Dolly n'eut pas le temps de lui dire quoi que ce soit. La sensation d'avoir le cœur qui implosait au creux de sa poitrine fut la dernière chose qu'elle ressentit. Markus, très réactif, attrapa la duchesse dans ses bras avant qu'elle ne percute le sol. Lorsqu'Ethel comprit que la naissance du futur duc était imminente, elle demanda immédiatement à Markus de la suivre, la duchesse au creux de ses bras. Étant proche de la double porte, Markus ressortit aussitôt de la salle avant d'escalader rapidement le grand escalier double, portant toujours entre ses bras la duchesse inconsciente. Il l'installa dans une chambre d'ami pendant qu'Ethel était partie prévenir la comtesse de Faithwood de mander un médecin urgemment. La camériste alla ensuite prévenir le premier page de la voiture ducale de se rendre à dos de cheval au plus vite à Kentwell Park prévenir l'époux de Dolly. Il valait d'ailleurs mieux pour le page qu'il prenne ses jambes à son cou, car le duc de Clarence avait exigé d'être le premier à annoncer haut et fort la naissance de son fils !

Markus était ressorti de la chambre lorsqu'Ethel était arrivée pour le remplacer. Dolly avait repris connaissance grâce à des sels, mais elle souffrait atrocement. L'accouchement se présentait mal, semblait-il. Le docteur Chandler, médecin réputé pour les accouchements d'aristocrates, arriva finalement plus tard pendant que les invités, restés dans le salon, attendaient la venue au monde du futur duc de Clarence.

— Markus ! Que se passe-t-il ? demanda Anton lorsque son ami réapparut enfin.

— Il se passe, Anton, que la duchesse a défailli et qu'elle est en train de mettre au monde son enfant !

Anton digéra difficilement la nouvelle et s'inquiéta. Il ne supportait pas d'avoir demandé, sur un coup de tête, la main de Clarisse aux pieds de Dolly et pensait même être le seul à en souffrir. Mais, maintenant, de savoir que

Dolly en faisait les frais, car il était certain que son malaise n'était que le résultat de son acte, un sentiment de honte l'envahit totalement. Surtout lorsqu'il repensa au ton acerbe qu'il avait usé avec elle. Cependant, l'heure n'était pas à la repentance et il était bien trop tard pour revenir en arrière…

Avec les paroles de Markus, le visage d'Anton s'était complètement fermé. Il songea qu'il avait soudain le besoin de voir Dolly. Il allait demander à son ami si c'était bienséant dans son état. Or, il n'en eut pas le temps. L'arrivée du duc les interrompit avant même le moindre échange sur ledit sujet. Le vieil homme souhaitait qu'on le mène séance tenante devant la porte de la chambre dans laquelle son épouse s'apprêtait, naturellement pour lui, à donner naissance. Tandis qu'Anton rongeait son frein, le duc recevait l'agrément à sa demande. Cependant, debout devant cette porte close, il n'entendait aucun bruit de l'autre côté. Il sortit alors son cornet acoustique pour mieux écouter. Soudain, il sursauta et manqua même de tomber la tête la première lorsque le médecin ouvrit brusquement la porte. Tout en retenant le duc, il l'invita à rentrer dans la pièce. Ce futur père fut alors surpris de n'y entendre toujours aucun cri de nourrisson.

— *Cela n'augure rien de bon !* songea-t-il.

Dolly était toujours allongée sur le grand lit central. Et, comme il put le constater, elle ne faisait aucun mouvement. Elle venait à nouveau de s'évanouir. Le duc la fixa de son petit regard et la trouva si fragile qu'il s'inquiéta fortement au sujet de son fils. Inopinément, ses vieilles rancœurs sur la vie rejaillirent dans son esprit. Il repensa à sa Cecilia qu'il avait tant aimée. Dolly, d'une beauté peu commune, n'avait pourtant jamais ravi son cœur comme elle. En conséquence, l'accord qu'ils avaient conclu quelques mois plus tôt ne tenait qu'à propos de ce bébé. Il fut sorti de ses âcres pensées par le médecin qui l'informa que le bébé se présentait mal et qu'il n'était pas bien positionné. Cela faisait plus d'une heure que Dolly endurait la douleur d'un accouchement et les trois minutes déjà écoulées depuis sa perte de connaissance mettaient en danger sa vie et celle de son fils. Le médecin savait qu'il n'y avait que très peu de chance qu'il puisse les sauver tous les deux.

— Sa Grâce doit choisir ! Madame la Duchesse ou le bébé ?

Devant son silence, le médecin agita son scalpel en haussant le ton.

— Le temps presse ! Sa Grâce doit me dire quoi faire ! insista le docteur, avec ses instruments médicaux entre les mains, prêt à opérer.

À la surprise de tous ceux qui étaient dans la chambre, le duc, sans aucune hésitation, exigea d'un ton insensible :

— Le futur duc de Clarence !

Il ressortit de la pièce et quitta la propriété de la comtesse de Faithwood, comme il y était rentré. Il préférait retourner chez lui. Si le médecin n'arrivait pas à les sauver tous les deux, il aimait mieux se trouver à mille lieues d'ici !

Le médecin décida qu'il lui fallait opérer maintenant s'il voulait sauver le futur duc. Il demanda aux bonnes présentes de faire bouillir plus d'eau et de lui apporter plus de linge immaculé.

Pendant ce temps, dans le grand salon, les invités, installés avec un verre en attendant l'annonce de la naissance, n'auraient pu imaginer un seul instant que le fabuleux regard de la duchesse ne se présenterait plus jamais à eux. Des acclamations de surprise et de protestation jaillirent donc de cette pièce lorsqu'une des bonnes, se trouvant auprès de Dolly et ayant entendu les paroles du duc, avait répété celles-ci à une servante. À son tour, celle-ci les avait répétées aux autres domestiques. Même l'intendante avait eu vent de cette affreuse nouvelle ! Si bien qu'elle s'était répandue comme une traînée de poudre dans toute la maisonnée et que plus personne ne pouvait ignorer cet effroyable choix. Anton crut devenir fou lorsqu'il l'entendit lui aussi. Il grimpa quatre à quatre les marches des deux étages et entra sans se faire annoncer dans la pièce où Dolly, allongée sur le lit, était toujours inconsciente. Il se rapprocha du lit, alors que le médecin, qui venait de désinfecter ses outils, posait sa lame sur le bas ventre de Dolly.

— Arrêtez, docteur ! Je ne vous laisserai pas faire, croyez-moi ! Vous devez la sauver, elle ! Je vous en supplie, fit Anton, le regard dangereux.

Le médecin releva sa lame et fixa Anton. Avec un air

contrit, il posa sa main sur son épaule en signe de désolation.

— Je suis navré, Monsieur.

— Non ! s'écria Anton en se précipitant vers Dolly. Je vous en prie ! cria-t-il. Réveillez-vous, ma douce !

Il avait beau la secouer par les épaules, elle restait inerte comme une poupée de chiffon, les yeux clos avec à peine un souffle de vie entre les lèvres. Ethel, en pleurs, demanda aux deux femmes de chambre, qui se trouvaient encore là, de bien vouloir quitter la pièce. Elle se détourna de la porte qu'elle venait de fermer sur les pas des bonnes, pour aller murmurer quelques paroles à l'oreille du médecin qui consentit à sa demande. Il laissa donc au comte une minute avant d'intervenir. Anton continuait de tenir Dolly par les épaules afin de la faire sortir des profondeurs dans lesquelles elle avait sombré.

— Dolly, je vous en supplie, murmura-t-il à son oreille, je suis là. Réveillez-vous, maintenant. Votre enfant aura besoin de vous.

Tout en l'embrassant sur le front, il déposa sa main sur le ventre de la jeune femme avant de sentir l'enfant remuer brutalement. Dolly poussa aussitôt un cri en ouvrant les yeux. Le médecin demanda à Anton de lui céder sa place et de sortir de la pièce. Alors de nouveau, il ausculta la jeune femme.

— Si Sa Grâce veut bien m'écouter ! Le futur duc, je ne sais par quel miracle, vient de se placer pour sortir. Sa Grâce va devoir pousser, mais seulement lorsque je le lui dirai ! exigea le docteur Chandler.

Dolly, complètement en nage, acquiesça de la tête tandis qu'Ethel lui tamponnait le front, dénué de couleur, avec un linge humide. Une nouvelle douleur lui traversa les entrailles et le médecin lui ordonna de pousser fortement. Après trois tentatives, une adorable petite fille vit le jour en poussant un cri strident.

Dolly se sentait épuisée par son accouchement. Mais elle était heureuse de trouver Anton à ses côtés. Ethel, sachant qu'il patienterait derrière la porte, n'avait pu alors s'empêcher d'aller le rappeler. Il regarda longuement la jeune femme qu'il aimait avant d'oser déposer un baiser sur sa main. Soudain gêné, il quitta la pièce sans un seul mot. Ethel, quant à elle, pouponnait déjà la petite Victoria.

Le lendemain après-midi, Dolly, accompagnée d'Ethel, était rentrée chez elle avec son enfant. Elle avait appris bien entendu le choix insensible que son mari avait fait. Aussi n'avait-elle pas l'intention de le lui pardonner. Une froideur s'installa durablement entre les époux. Qui plus est, Dolly avait mis au monde une fille. Cette enfant avait beau être l'héritière directe, cette évidence n'empêcherait pas lord Henry d'être dépouillé pour moitié de sa fortune par la Couronne. Un fils, comme il aurait préféré qu'elle le lui donne et surtout tel qu'il l'avait crié haut et fort depuis qu'il la savait enceinte, lui aurait évité ces pertes.

Ainsi humilié et envahi de pensées acerbes, il décida qu'il n'en resterait pas là !

Ainsi humilié et envahi de pensées acerbes, il décida qu'il n'en resterait pas là !

Chapitre 8

L'entrée du palais donnait sur une vaste cour tandis que la façade arrière faisait face à un magnifique parc dont les jardins étaient tout en fleurs. Même si les appartements intérieurs étaient spacieux et fort bien meublés, l'extérieur restait ce qu'il y avait de plus beau à Kentwell Park. Et Dolly avait toujours adoré se retrouver dans la nature…

De ce fait, elle se trouvait fréquemment en promenade dans l'un de ces majestueux jardins, comme en ce jour, avec sa fille Victoria qui allait bientôt avoir deux mois. Elle avait renvoyé la nourrice et alimentait elle-même son enfant, bien que son mari le lui eût formellement interdit. La bienséance ne l'autorisait pas à accomplir cette tâche réservée à la catégorie des domestiques, pourtant, Dolly n'en avait cure. Même la gouvernante de l'enfant avait essayé de l'en dissuader. Mais seuls les liens qu'elle tissait avec son enfant comptaient. Or, ceux de l'allaitement étaient aussi puissants que ceux de la conception.

Une multitude de visiteurs venait quotidiennement au palais pour féliciter le couple de la venue au monde de sa fille. Malgré cela, lord Henry préférait se terrer dans sa chambre en attendant qu'ils s'en aillent. Son esprit débordait trop de pensées perfides. Qui plus est, il ne voulait surtout pas entendre les tracasseries mesquines que ces *gens* ne manqueraient pas de lui faire à propos de cette naissance fort peu masculine. D'autant qu'il ne pourrait supporter les simagrées de ces vieilles femmes qui s'enthousiasmeraient devant cette enfant. Elles l'exaspéraient déjà rien qu'en y songeant !

Alors, appuyé sur le rebord d'une fenêtre, le duc avait pris l'habitude de crier « Allez au diable ! » à chaque fois que les grandes portes de l'entrée se refermaient sur leurs visiteurs.

Ce fut lors de l'un de ces jours-là qu'Anton décida de venir revoir Dolly. Seul. Il avait beau être fiancé à Miss Dolene, il éprouva tout de même le souhait de voir comment allaient la duchesse et son bébé depuis cette soirée qui aurait pu être fatidique à la jeune femme. Bien sûr, il ne savait pas que lord Henry lui ferait l'affront de ne pas sortir de ses appartements pour venir le saluer, alors qu'il avait sauvé *sa* duchesse. Toutefois, cela ne choquerait sans doute pas Anton, car il n'aspirait qu'à rendre visite à Dolly, tout simplement. Qui plus est, cette entrevue serait peut-être la dernière qu'il lui ferait et donc la revoir seule avait sa préférence…

L'intendante, Mrs Jennings, informa Anton que la duchesse prenait l'air avec la petite Victoria dans le parc. « Sa Grâce et l'héritière doivent se trouver non loin de la grande fontaine », lui avait-elle dit avant de refermer la porte d'une terrasse arrière par laquelle elle avait fait passer discrètement Anton. D'un pas alerte, il s'était dirigé aussitôt vers ledit lieu en traversant la Grande Allée à pied. Quand soudain au loin il aperçut Dolly, il décida de prendre un raccourci en coupant le parc par les pelouses. Il enjamba les petites chaînes qui délimitaient les sols verts des allées de graviers et poursuivit son chemin. La jeune maman, occupée par la petite Victoria, n'entendit pas Anton arriver. Elle lui donnait le sein et c'est ému qu'il les contempla, caché derrière un petit bosquet de fleurs, à l'abri de cette vue qui le troublait au plus profond de lui-même. Dolly semblait heureuse. Elle était confortablement installée avec son enfant sur une épaisse couverture soyeuse rembourrée de duvet d'oie qu'un domestique lui avait arrangée sur la pelouse grasse et parfaitement taillée. Anton, captivé par le magnifique tableau dessiné devant lui, se pencha sur le petit buisson où une branche, par mégarde, se brisa dans un petit craquement sonore. Sans bouger et sans aucune peur pour elles, car Dolly s'était toujours sentie en sécurité dans le domaine, la jeune femme lança dans les airs cette petite phrase, tout en songeant qu'il s'agissait certainement d'un petit rongeur, tel un écureuil, qui venait ici les déranger :

— Quel est ce petit animal, qui vient là nous distraire ? s'exclama-t-elle en souriant à sa fille.

— C'est moi… Anton, fit-il timidement en sortant de sa cachette.

La jeune femme, ne s'attendant sûrement pas à recevoir une réponse à sa question, resta surprise par le timbre de voix qu'elle aurait reconnu entre mille. Elle se mit aussitôt à rougir fortement, surtout lorsqu'elle s'aperçut qu'Anton ne pouvait quitter des yeux sa fille tétant son sein. La petite étole de tissu qu'elle avait apposée sur sa gorge pour se cacher des regards indiscrets avait glissé, la laissant à découvert pour moitié. Dolly songea qu'Anton avait déjà vu sa poitrine, mais, là, il pénétrait dans l'intimité qu'elle avait avec sa fille. « La sienne également ! » pensa-t-elle inéluctablement.

— Je peux revenir plus tard, laissa-t-il entendre.

— Non ! Je vous en prie, Monsieur le Comte.

— Oh, Dolly ! Je vous en prie. Pardonnez-moi ! Vous pouvez m'appeler par mon prénom. Je ne sais pas ce qu'il m'a pris, mais…

Il s'arrêta de parler parce que Dolly – toujours son bébé au sein – lui fit signe avec un petit tapotement de la main sur le plaid, l'invitant par ce geste à venir s'installer à ses côtés. Il n'hésita qu'une seconde avant de se baisser et de prendre place sur la couverture soyeuse. Il les regarda toutes les deux et se mit à envier le duc.

Il aurait tout donné pour être le père de cette enfant !

Après un silence prolongé durant lequel seuls les bruits de succion se firent entendre dans la bouche de la petite Victoria, Dolly entama la conversation.

— Anton, je voulais vous remercier pour ce que vous avez fait pour moi et pour notre fille, dit-elle avant de rougir fortement.

Elle avait laissé échapper par inadvertance *notre fille*, mais Anton ne releva pas l'allusion faite. Il est certain qu'à aucun moment, il n'avait pensé être le père de la petite Victoria ! Il ressentit même une certaine jalousie de l'entendre employer le mot *notre,* pour elle et son horrible mari.

— Vous n'avez pas à me remercier, Dolly. Si je n'avais pas été exécrable avec vous, vous n'auriez certainement pas accouché ce soir-là.

— Oui, sûrement… Mais avec le choix inexorable de mon mari, si j'avais dû accoucher un autre jour et que mon accouchement se fut présenté aussi mal, je ne serais pas là pour en discuter avec vous.

Il attrapa sa main dans la sienne et déposa un long baiser dessus. Elle se mit à rougir de plus belle et il fut tenté par une envie folle de s'emparer de sa bouche dans un fougueux baiser, là, ici et maintenant. Mais il se résigna.

Leur avenir était déjà écrit et celui de Dolly ne ferait jamais partie du sien. À tout le moins, non pas comme il l'avait envisagé lorsqu'il l'avait rencontrée la première fois.

La petite Victoria attira soudain l'attention de sa mère en gigotant. Son petit ventre plein, elle s'arrêta tout bonnement de téter. Dolly la releva dans ses bras et alors qu'elle comptait déposer la petite dans son couffin afin de se rajuster, elle fut surprise par Anton qui dans un geste naturel, lui tendit aussitôt ses mains. Il attrapa délicatement la petite Victoria qui le fixa de son beau regard. Elle avait les yeux d'un vert clair identique à la couleur des yeux de sa maman, mais un gris métallique logeait au beau milieu de ceux-ci, ne laissant aucun doute sur l'identité du père. Seulement, subjugué par le petit nourrisson qui lui faisait face, Anton ne le remarqua même pas. Victoria lui fit une petite grimace avant de faire un petit bruit buccal, fort peu élégant. Anton et Dolly éclatèrent d'un même rire de gorge avant de s'arrêter en s'accrochant du regard. Un sourire identique resta dessiné sur leur bouche tandis que leurs pensées s'envolaient déjà vers des images utopiques aux couleurs de délices : celles d'être mari et femme promenant leur enfant. Plongés tous deux dans ce même rêve éveillé, ils n'aspiraient qu'à y croire… Pourtant, Anton savait que la réalité était tout autre. Malgré l'amour qu'il lui porterait jusqu'à la fin de ses jours, il avait perdu Dolly à jamais.

Après ce moment de bonheur marquant son cœur, Anton déposa la petite dans son landau et attrapa la main de sa mère afin de l'aider à se relever. Ils rivèrent à nouveau leurs regards l'un à l'autre avant qu'Anton, dans un mouvement fou, ne vienne déposer un tendre baiser sur ses lèvres. Aucun mot ne fut nécessaire à Dolly pour comprendre ce geste. C'est avec un merveilleux sourire qu'Anton s'en alla le cœur léger d'avoir connu un tel moment d'intimité avec la femme qu'il aimait. Quant à Dolly, elle chérirait pour toujours cet instant. Avoir eu la joie d'être unie quelques minutes avec sa fille et l'homme de son cœur… Il n'y aurait jamais de mots assez forts pour se les rappeler. Seul ce merveilleux souvenir l'accompagnerait en secret jusqu'à la fin de ses jours.

Les semaines s'écoulaient et le duc était de plus en plus aigri. La Couronne risquait de le déposséder de ses biens pour moitié d'un jour à l'autre. De ce fait, il s'était mis en tête d'avoir un garçon au plus tôt et il comptait bien posséder à nouveau sa femme, afin qu'elle honore leur marché passé. Néanmoins, Dolly n'était pas du tout d'accord avec cette idée. Elle n'arrivait pas à oublier que son mari l'avait sacrifiée pour Victoria, ou plutôt, pour le fils qu'il avait cru avoir, bien qu'aujourd'hui, elle eût donné sa vie pour sa fille. Son instinct à elle était protecteur alors que celui de son mari n'avait été qu'un choix froid sans égard pour elle. Elle aurait pu lui pardonner, si depuis, il lui avait démontré quelques attentions. Elle savait qu'il n'avait pas à s'expliquer et encore moins à s'excuser de son choix, car il avait toute autorité sur elle. Pourtant, elle aurait aimé qu'il montre, ne serait-ce qu'un peu d'attention à sa fille. Au lieu de cela, il restait dans sa froideur implacable et détestait la petite autant qu'elle. Elle ne pouvait alors que le mépriser…

Quelques jours de plus s'écoulèrent sans qu'il ne puisse faire entendre raison à sa femme. Alors une nuit, durant laquelle Dolly dormait profondément, elle se réveilla en sursaut en entendant le plancher craquer. Lorsqu'elle se dressa sur son séant, elle aperçut son mari qui l'enjambait, son pantalon de nuit ouvert laissant voir ses *atours*, plutôt *fatigués*… Elle poussa un cri qu'il bâillonna aussitôt de sa vieille main, manquant presque de l'étouffer. Alors qu'il lui relevait sa chemise de nuit, il ne put faire ce pour quoi il était venu. Son entrecuisse était resté amorphe. C'est frustré qu'il quittât la pièce en claquant la porte. Dolly éclata en sanglots avant de descendre à l'office retrouver Ethel. Sa cameriste voulut aussitôt lui faire boire un petit remontant, mais Dolly le refusa, car elle nourrissait toujours naturellement son enfant. Après s'être calmée, elle remonta dans sa chambre, non sans avoir pris auparavant une décision : elle quitterait Kentwell Park, et ce, dès le lendemain pour aller vivre avec sa fille dans une des autres propriétés de ce maudit mari.

Après tout, il avait essayé d'abuser d'elle ! Même si au fond d'elle-même, elle savait qu'il en avait tous les droits…

Lorsqu'elle lui fit part, le lendemain matin, de ses intentions, il rentra dans une colère noire et lui demanda de quitter *sa* demeure sous deux jours. Dolly n'était pas au bout de ses peines, car, a priori, il avait un plan…

Deux jours plus tard, son mari, son masque grimaçant placardé sur ses vieux traits, se tenait dans le hall d'entrée, dans son habituelle posture busquée. Tout en fixant son majordome d'un œil vif malgré son âge avancé, il voulait s'assurer que l'ordre qu'il lui avait donné la veille, de mettre au-dehors de sa demeure son épouse, serait exécuté à la lettre. Mais le vieux duc grimaça de plus belle lorsque Dolly ne se laissa pas faire tandis que le majordome s'excusait discrètement auprès de sa maîtresse de cette tâche imposée par son époux.

Pourtant, il était hors de question pour elle de quitter la demeure sans son enfant. Une peur au ventre, qu'elle ne put contrôler, s'empara d'elle alors qu'elle hurlait, pour la énième fois, le prénom de sa fille disparue et qu'elle n'avait toujours pas retrouvée depuis une heure. Elle se jeta sur son mari qui fit un pas de côté afin de l'éviter. Elle trébucha et retomba sur les premières marches du perron alors que le duc s'empressait de jeter au-dehors ses deux sacs de voyage. Il referma la porte à clé en donnant l'ordre à son majordome de n'ouvrir celle-ci en aucun cas, s'il voulait conserver son poste.

Avec un sourire carnassier, il repartit vers ses appartements, satisfait de sa propre attitude. Il avait, en fait, déjà confié la petite Victoria à une nourrice et les avait fait partir toutes deux du palais discrètement dès l'aube. Mais Dolly ne pouvait imaginer un seul instant partir sans sa fille... Elle s'affaira alors à rentrer par la porte de service. Malgré tout, elle ne put réussir à savoir où son enfant était retenue, même après avoir interrogé toute la domesticité – sauf Ethel, qui se trouvait toujours au marché.

Dolly n'en avait jamais voulu à la vie, même lorsqu'elle avait perdu ses parents. Elle avait toujours été d'une humeur candide et affectueuse ainsi que d'un caractère facile. Il était alors impossible, en la voyant, de ne pas se sentir prévenu en sa faveur. Eh bien, cette même jeune femme se trouvait aujourd'hui envahie par la haine – ce sentiment *cousin-germain* de l'amour. Pour la première fois de sa vie, quelqu'un lui inspirait cette émotion et il s'agissait de son mari. Aussi, lorsqu'elle le retrouva déjeunant tranquillement dans la salle à manger, et après l'avoir sommé de lui répondre, elle lui donna un tel soufflet qu'elle en fut elle-même surprise. Malheureusement pour elle, elle n'eut pas le temps de réfléchir plus en avant à son acte. Elle se vit arrêtée sur-le-champ par deux serviteurs et expulsée de chez elle avec les deux seuls sacs qui étaient restés sur les marches du perron. Il lui fallait se rendre à l'évidence que sa fille ne se trouvait plus à Kentwell Park. Elle quitta seule les lieux à pied, pour se rendre aussitôt en ville chez un avocat.

L'homme à la tenue sombre, lui faisant face, lui fit entendre qu'elle n'avait aucune chance de reprendre sa fille.

— La petite appartient au duc, tout comme vous,

d'ailleurs, vous appartenez corps et âme à Sa Grâce ! fit-il. De ce fait, vous lui devez obéissance, argumenta-t-il sans lui servir son titre de duchesse.

Anéantie, Dolly regarda cet homme qui n'avait aucune intention de l'aider à récupérer son enfant, car seul l'argent comptait pour lui. Or, malheureusement pour Dolly, elle n'en était pas pourvue… Ce sentiment de haine habitant Dolly depuis seulement quelques heures s'étendit à cet avocat. Elle éprouva soudain l'envie de retourner ses papiers bien rangés et son bureau soigné, où rien ne dépassait chez lui, même pas un cheveu mal coiffé. Mais elle n'en fit rien.

Réduite à quitter le cabinet de ce soi-disant défenseur des droits de l'homme, Dolly se trouva une petite chambrée qu'elle régla avec son alliance tout en promettant quelques travaux de ménage. Elle réussit à faire passer un message à Ethel afin de la prévenir de l'endroit où elle se trouvait. Sa caমériste arriva dans l'heure. Toutes deux se mirent à pleurer ensemble de la perte de cette chère enfant. Dolly ne savait pas du tout par où commencer ses recherches. Lord Henry avait sûrement payé grassement une famille pour élever sa fille. Mais elle, elle n'avait aucun moyen pécuniaire et pour la première fois de sa vie, même si elle avait déjà connu des jours maigres à la mort de sa mère, elle ressentit ce que c'était d'être dans la nécessité.

Les jours défilaient et Dolly avait exigé d'Ethel, qui lui ramenait à manger quotidiennement, qu'elle ne dise rien à

Markus de ce qui s'était passé dans sa vie. Elle ne voulait surtout pas que ceci remonte aux oreilles d'Anton. Elle savait qu'il allait se marier dans quelques jours et elle ne souhaitait pas le priver d'un bonheur qu'elle ne pourrait jamais lui donner. En disant ces paroles à haute voix à Ethel, Dolly se rendit compte que cela faisait encore plus mal que de se les dire en pensées.

Le duc de Clarence avait reçu une invitation pour se rendre avec son épouse au mariage du comte von Kinsky et de Miss Dolene — comme toute la noblesse des alentours, d'ailleurs. Il décida de répondre par la négative à cette invitation, alors qu'il savait parfaitement où se trouvait son épouse. Mais il n'était pas question pour lui de s'y rendre avec elle. Le risque était trop grand. Elle pourrait faire un scandale ou bien lui donner un soufflet en public, l'humiliant ainsi totalement. Il avait alors précisé dans sa lettre qu'il quittait le Suffolk pour se rendre à Bath avec sa petite famille.

Leur absence à cette union ne devrait donc choquer personne…

La veille de ses noces, Anton fut interpellé par Markus. Il comptait bien avoir avec lui une conversation avant de le laisser s'engager dans les liens du mariage, persuadé que son ami faisait là une grosse bêtise. Il restait convaincu qu'Anton n'avait pas de réelles inclinations envers Miss Dolene. C'était une jeune femme qui avait le cœur doux et était d'un naturel fort gentil. Markus estimait qu'elle ne méritait pas de n'être pas aimée en retour.

— Anton ! Je crois que tu ne te rends pas compte de ce qui va vraiment se passer demain !

— Si, Markus ! Je le sais très bien ! Occupe-toi plutôt de tes affaires ! répliqua sèchement Anton.

— Enfin, Anton ! Te marier avec une femme que tu n'aimes pas ! Ne te rends-tu donc pas compte de cela ? Tu resteras malheureux et tu rendras Miss Dolene malheureuse lorsqu'elle comprendra que tu ne lui donneras jamais ton cœur !

— Tais-toi, Markus !

— Et tes parents ! As-tu songé à eux ? Ils ne seront même pas présents, Anton ! rétorqua son ami.

— Mes parents sont au courant que je me suis rendu en Angleterre pour me remettre de mes déboires avec Karolina ! Et je te rappelle qu'ils savent aussi que j'ai prévu de revenir en Autriche marié parce que c'est ce que j'avais écrit à ma mère lorsque je pensais épouser Emma ! Enfin, Dolly, ajouta-t-il d'une voix moins ferme.

Voyant que Markus fixait toujours sur lui un regard empli de déception, Anton lui lança à la figure :

— Et mêle-toi de tes affaires, comme je te l'ai déjà demandé !

Markus bouillait et aurait bien décoché une droite à son ami pour lui remettre les idées en place et le remettre surtout dans le droit chemin. Mais il n'en fit rien. Anton resta silencieux quelques secondes avant de reprendre la parole tout en se saisissant d'une carafe posée sur une console, remplie d'un scotch écossais. La gorge serrée par ce qu'il s'apprêtait à lâcher à son ami, il se servit un verre bien rempli.

— Lorsque nous rentrerons au pays, je n'aurai plus besoin de tes services ni de ceux de Franz et Friedrich, précisa-t-il sans pouvoir regarder dans les yeux son ami de toujours.

— Très bien ! Fais ce que tu veux ! Mais je ne serai pas là pour voir ça ! Je préfère encore rater ce mariage plutôt que de voir mon ami de toujours faire une chose stupide sans pouvoir l'arrêter ! Adieu !

Ce dernier échange le blessa autant qu'Anton, et bien plus encore que chacun ne l'aurait cru possible. Markus quitta alors la pièce, le cœur affecté comme Anton par leur estime mutuelle froissée. C'était la deuxième fois depuis qu'ils se connaissaient qu'ils se disputaient avec des mots si forts. Malheureusement pour leur amitié, cette fois-ci semblait être leur toute dernière entrevue…

Anton porta son verre de scotch à ses lèvres tout en fixant le liquide ambré qui se mit à s'agiter lorsque sa main fut prise d'un tremblement.

— Que le vent t'emporte ! s'écria-t-il en lançant le verre en cristal qui alla s'exploser en mille morceaux sur la porte par laquelle Markus lui avait signifié ses adieux en la claquant.

Dépité par cette altercation, Anton alla s'asseoir sur le

bord de son lit. Il prit sa tête entre ses mains et essaya de se convaincre que ce mariage était la seule chose à faire… pour que son cœur arrête de lui faire si mal !

Le lendemain matin, Anton patientait seul devant l'autel, souhaitant ardemment l'arrivée de sa future épouse. Il avait soudain peur que le passé ne se répète, que la jeune femme ne se présente pas devant lui, qu'elle aussi, tout comme Karolina et Dolly, ne veuille plus de lui. Il avait l'impression que tous les invités, déjà présents et attendant le début de la cérémonie, le fixaient d'un regard gêné, comme s'ils savaient qu'elle ne viendrait pas… Seuls Markus, Franz et Friedrich manquaient à l'appel. Anton en était sincèrement blessé même si cette absence n'était due qu'à son comportement envers eux. Ses trois amis, qu'il avait choisis comme témoins, ne seraient pas présents à un évènement si important pour lui. Le cœur navré, il continuait de patienter, voyant les minutes s'égrener sur sa montre à gousset. Des pensées grises traversaient son esprit. Il songea soudain que si Clarisse décidait de se montrer, il lui faudrait se choisir rapidement un témoin. Enfin, si elle décidait de se montrer…

Seules quelques minutes s'écoulèrent avant que Miss Dolene n'arrive finalement au bras de son père. Avec un grand soulagement au ventre, Anton les regardait avancer lentement vers lui, sur une musique religieuse. Cette petite procession fut interrompue lorsque l'une des portes de l'abbaye se referma avec grand bruit. Tous, sans exception, tournèrent leur tête vers celle-ci pour voir arriver avec un sourire aux lèvres, Markus, Franz et Friedrich. Ils passèrent devant Anton avant de s'installer en rang à ses côtés tout en grimaçant quelques excuses d'avoir interrompu la marche de la future mariée.

Anton se sentit enfin joyeux de voir que Markus ne lui tenait pas rigueur de leur dispute de la veille. C'était tellement important pour lui de ne pas perdre ses amis. Ceux-ci avaient discuté ensemble la veille et Franz et Friedrich, plus âgés que Markus, l'avaient sermonné. Aussi, après une nuit passée plus à réfléchir qu'à dormir, Markus s'était réveillé sans savoir quoi faire. Ses deux compagnons étaient venus le chercher et après encore une longue discussion, ils avaient réussi à convaincre Markus de se rendre à cette union. Ils l'avaient même aidé à se parer de son plus beau costume ! Toutefois, durant tout ce temps, l'heure ne s'était pas arrêtée de tourner pour autant. Par conséquent, cela expliquait-il leur retard…

La cérémonie se poursuivit calmement. Leurs vœux prononcés, sans grande conviction pour Anton, les mariés échangèrent un chaste baiser avant d'entendre les chants religieux s'élever puis résonner contre les murs de pierres. Clarisse, tout heureuse d'avoir épousé l'homme qu'elle aimait, ressortit de l'abbaye parée du titre de comtesse von Kinsky.

Chapitre 9

Presque trois semaines s'étaient écoulées sans qu'aucune nouvelle réjouissante ne parvînt à Dolly. En la dévisageant, n'importe qui aurait pu la croire morte tant le chagrin dû à l'absence de sa fille l'avait rendue méconnaissable. D'autant que les travaux domestiques qu'elle faisait quotidiennement pour payer sa pitance l'épuisaient. Or, un matin, la voiture ducale s'arrêta devant la petite maison où elle avait pris pension. Soumis aux ordres du duc, le cocher exigea d'elle qu'elle le suive seule, sans Ethel et sans poser de questions.

Après un trajet d'un peu plus de trente minutes, durant lequel son anxiété s'était intensifiée, le conducteur finit par arrêter sa voiture devant l'entrée du palais de Kentwell Park. Dolly aperçut en premier le duc qui se tenait vouté sur le perron. Juste derrière lui, elle reconnut immédiatement la petite Victoria qu'une domestique portait dans ses bras. Dolly, bienheureuse à la vue de ce petit minois qui lui avait tant manqué, ouvrit la porte et sauta du véhicule sans attendre que l'on vienne l'aider à en descendre. Elle arracha pratiquement sa fille des bras de cette domestique tout en songeant que celle-ci devait certainement être une nourrice au vu de la poitrine opulente qui tirait les boutons de sa robe de toile grise. La femme n'apprécia pas son geste, mais Dolly n'en avait cure. Seules les retrouvailles avec sa fille comptaient. Sans une seule parole, le duc escorta son épouse jusqu'à sa chambre avant de la pousser à l'intérieur et d'en refermer la porte sur lui.

— Femme ! Si jamais il vous prend encore l'envie de lever la main sur moi ou bien de refuser de m'obéir, je ferai en sorte que vous et votre fille soyez séparées pour toujours ! lâcha-t-il d'un ton glacial, le visage tordu par la colère au souvenir du soufflet qu'il avait reçu.

Dolly avait blêmi lorsqu'il avait prononcé ces paroles, mais celles qui arrivèrent à la suite semblèrent l'anéantir pour toujours.

— Dorénavant, vous vous donnerez à moi, sans exception ! fit-il en s'adressant à elle comme à ses domestiques.

Avec le regard plissé, il rajouta :

— Je puis vous assurer que la petite difficulté que j'ai eue dernièrement ne se reproduira plus ! Vous me donnerez un fils ou deux et nous serons quittes !

Sans un mot de plus, il sortit de la pièce faisant plonger celle-ci dans un silence de mort. Dolly était choquée et se sentait impuissante. La petite Victoria se mit soudainement à pleurer faisant ainsi sortir sa maman de sa torpeur. Dolly attrapa aussitôt sa fille au creux de ses bras et la serra contre son cœur avant de s'effondrer en pleurs sur son lit avec elle.

Pendant les trois semaines où son épouse avait quitté sa demeure, le duc avait suivi un traitement. Il avait exigé de son médecin de famille qu'il lui procure un traitement afin de pouvoir posséder sa femme à tout instant. Néanmoins, le vieux médecin n'avait pu accéder à sa demande. Lord Henry s'était donc tourné vers un autre docteur qui venait de s'installer en ville. Celui-ci, peut-être un peu jeune dans le métier, mais heureux qu'un duc marque de ses pas son office, avait été d'un enthousiasme assez étonnant face à la demande du duc. Il voyait là une marque de confiance. Mais ce jeune médecin, après quelques recherches, n'avait pas trouvé d'autres traitements que ceux qui existaient sur le marché et qu'il avait déjà en sa possession. Après avoir lu son ouvrage de pharmacopée, il se décida à concocter pour le duc un traitement sur mesure, tout en se disant en même temps qu'il valait mieux pour lui que la douce mélodie de l'argent continue de résonner à ses oreilles plutôt qu'à celles d'un autre. C'est donc contre monnaie sonnante et trébuchante qu'il fournit au duc un traitement de cheval, lequel, sans aucun vilain jeu de mots, lui avait-il clamé en récupérant ses pièces d'or, servait réellement pour la saillie des étalons. Il ne prit tout de même pas la peine de mettre en garde le duc contre le danger mortel qu'une double posologie dans la même journée pourrait lui faire courir. Tout nouveau au village et ignorant les épousailles incongrues du duc, il pensait certainement que cette demande de traitement n'était que le résultat de l'orgueil d'un vieillard gâteux qui voulait se montrer toujours viril auprès de sa vieille épouse…

Le soir venant, tout juste avant la fin du dîner, lord Henry s'adressa à sa femme sur un ton toujours aussi exigeant.

— Ma chère épouse, c'est ce soir que vous me donnerez un fils !

Devant le regard interloqué de Dolly, il ajouta avec un rictus mauvais :

— Oui, ce soir ! Je prendrai possession de votre corps ! Il vous faudra m'ouvrir votre lit ! Alors je vous conseille d'y mettre du cœur, car plus vite vous tomberez enceinte et plus vite je vous laisserai tranquille.

Il continuait de la fixer avec son petit regard pénétrant lorsqu'elle s'offusqua de sa demande en tapant ses couverts sur la table tout en poussant un *non* retentissant. Elle se releva de son assise pour le jauger de toute sa hauteur.

— Je vous déconseille de me désobéir et de protester à ma table, Madame ! S'il le faut, je prendrai deux hommes pour vous y contraindre… Alors, choisissez ! fit-il tout simplement en écartant ses mains comme s'il lui laissait le choix.

Puis, il laissa échapper un petit rire gras tant il était ravi de cette dernière idée qu'il venait d'avoir et qui lui raidissait déjà le corps.

Dolly quitta la table précipitamment. Elle eut à peine le temps d'atteindre le couloir et de rendre tout son repas dans un pot en cuivre, heureusement vide et qui se trouvait là, car elle n'aurait jamais pu atteindre la pièce des commodités à temps. C'est avec la peur au ventre qu'elle remonta en vitesse s'enfermer dans sa chambre.

Lord Henry, quant à lui, était retourné dans ses appartements tranquillement. Il avait déjà pris une dose de son médicament avant de se mettre à table. Toutefois, afin de s'assurer un résultat probant, il ingurgita une dose supplémentaire tout juste avant de se rendre dans la chambre de Dolly, certain qu'elle ne se donnerait pas à lui de son plein gré. Il se positionna devant sa porte avant d'enfoncer dans la serrure le double de la clé qu'il avait accroché à la sienne, quand soudain, il ressentit une douleur extrême dans ses organes du bas ventre. Une tension effroyable lui déchira les entrailles en même temps qu'il s'écroulait sur la porte qui s'ouvrit brutalement sous son poids. Dolly poussa un cri si strident que plusieurs serviteurs, Ethel incluse, se bousculèrent sur le seuil de sa porte. Malgré le bruit causé par cette arrivée, le duc resta inerte sur le sol. Ethel se baissa afin de prendre son pouls qu'elle ne trouva pas. Le médecin de famille étant en déplacement hors de la ville, ce fut au jeune médecin, seul disponible à ce moment-là, de venir constater une demi-heure plus tard la mort *naturelle* du duc de Clarence. Bien évidemment, il ne souhaitait pas être impliqué dans son décès pour son incompétence…

Après une veillée funèbre, le duc de Clarence fut mis en terre au côté de sa première épouse, Cecilia. Durant les obsèques de son mari, Dolly avait revu Anton accompagné de son épouse suspendue à son bras. C'est à ce moment-là qu'elle s'était vraiment sentie en deuil. Elle avait rencontré l'amour, une seule et unique fois, et jamais il ne reviendrait frapper à sa porte. Heureusement pour elle, elle avait sa fille Victoria pour atténuer toute cette douleur. Son doux petit bébé rien qu'à elle et à Anton aussi, même si elle ne pourrait jamais le lui dire.

Après les funérailles, elle s'isola avec sa fille qui hérita de tous les biens de son soi-disant père – encore que la Couronne en récupérât une bonne partie. Dolly ne savait plus si elle et sa fille devaient fuir le Suffolk en abandonnant tout ici, titre, fortune et terres ou bien si elles devaient continuer à vivre au palais. Ethel lui opposa quelques arguments en lui signifiant qu'elle ne pouvait pas tout quitter sans créer de scandale.

— Le doute sur la naissance de votre fille se fera jour dans la tête des gens alentour, si vous abandonnez tout !

lâcha-t-elle en colère. Les persifflages toucheront Victoria et elle sera traitée de bâtarde ! De bâtarde ! répéta-t-elle pour faire entrer dans la tête de Dolly cette information qui mettrait en danger sa fille.

Ethel essuya ses yeux qui s'étaient remplis de larmes et se moucha avant de poursuivre.

— Vous avez menti au duc sur sa descendance, poursuivit Ethel, alors quel intérêt y a-t-il à tout dévoiler après sa mort, par la fuite ?

Dolly ne répondait toujours pas, tant elle était transie par le mot *bâtarde*.

— Et lorsqu'Anton en aura vent, que se passera-t-il ?

Dolly ressortit de ses tortueuses pensées en entendant le prénom de l'homme qu'elle aimait toujours autant. Elle cligna des yeux et se ressaisit.

— Vous avez raison, Ethel ! Anton finirait par comprendre qu'elle est sa fille et cela gâcherait son mariage. Et mon enfant serait bannie, humiliée et laissée pour compte par les mondains.

Dolly se moucha à son tour avant d'ajouter :

— Et la comtesse von Kinsky ne mérite pas non plus de connaître un tel affront...

Dolly comprit alors qu'elle n'avait pas le droit de blesser et d'humilier les deux personnes qui étaient si chères à son cœur. Elle décida donc de continuer à vivre au palais, gardant au fond de son cœur tous ses lourds secrets.

Chapitre 10

Jeudi 10 octobre 1811, Kentwell Park

Les jours s'échappèrent au travers de semaines et ces semaines s'étirèrent en de longs mois chacun identique au précédent. Seules les évolutions de sa fille faisaient vivre à Dolly quelques variantes dans son quotidien. Les joies de l'apprentissage et ces distractions la détournaient ainsi de cette mélancolie qui demeurait depuis si longtemps au fond de son cœur. Cependant, lorsque Dolly croisait occasionnellement le comte et la comtesse von Kinsky dans les rues du centre-ville, ces jours-là étaient sans doute les plus pénibles et les plus douloureux. Surtout lorsqu'ils s'arrêtaient pour la saluer de loin. Parfois même, lorsqu'Anton se trouvait être seul, il la rejoignait de l'autre côté de la chaussée. Sans un mot, avec pour seul contact son regard qu'il verrouillait au sien, leurs cœurs se remplissaient d'émotions à la fois heureuses et pourtant si tristes de cet amour qui ne revivrait jamais, seulement peut-être dans leurs rêves, si Morphée leur était clément. Après ces entrevues, Dolly rentrait au palais, plus anéantie que jamais de ces premières amours perdues.

Ces rencontres la décidèrent à quitter le palais et à se rendre hors du Suffolk pour la première fois depuis son mariage. Dans l'héritage de feu son mari se trouvaient plusieurs propriétés dont l'une d'elles se trouvait dans la ville de Bath. C'est donc là que Dolly décida de se rendre en premier.

Lorsqu'elle arriva sur place, elle y trouva un domaine élégant et raffiné et, surtout, bien plus agréable que son immense demeure du Sudbury. Enthousiasmée par le lieu, elle décida de s'y installer durablement et profita des jardins somptueux. Ethel l'avait suivie, mais au bout de trois jours, Markus lui manquait déjà terriblement. Elle ne savait pas vraiment à quel moment elle était tombée amoureuse de lui, mais le manque de cet être si attentionné lui chavirait le cœur. Dolly trouva que c'en était trop pour elle ! Elle avait déjà des peines de cœur et ne souhaitait pas, en outre, qu'Ethel en ait à son tour. Une semaine plus tard, elle la renvoyait au palais, avec l'ordre d'y rester et de retrouver son amoureux.

Tandis que les jours se poursuivaient dans un quotidien passif, Dolly resta une jeune et jolie femme, malgré tout ce chagrin qu'elle n'avait pu assécher. Le personnel de sa nouvelle demeure était au complet, mais elle avait beaucoup de mal à l'apprécier et surtout à lui donner des ordres. Les domestiques profitèrent donc de sa magnanimité pour faire un peu ce qu'ils voulaient. Heureusement pour Dolly, elle finit par s'attacher la présence d'une jeune bonne, également devenue depuis sa camériste. Toutefois, Dolly comprit rapidement qu'elle ne pourrait jamais entretenir avec elle des liens identiques à ceux qu'elle avait avec Ethel, même si elle finit par apprécier sa présence. À tout le moins, assez pour lui proposer de temps à autre de venir avec elle en promenade pour s'occuper de Victoria.

Un après-midi, durant l'une de ses promenades au-dehors de sa propriété, Dolly – accompagnée de sa camériste nouvellement nommée à la fonction de nurse – rencontra une femme âgée tout au plus d'une quarantaine d'années. À l'instar de Dolly, elle longeait les abords d'une petite rivière. Ses deux filles – des jumelles – déposaient entre ses mains des fleurs champêtres qu'elles cueillaient ici et là dans leur course. Après s'être présentées l'une à l'autre, les deux femmes échangèrent des propos anodins tout en cheminant. Pendant ce temps, les filles de lady Croft âgées de cinq ans jouaient avec la petite Victoria, sous l'œil attentif des deux nurses. Dolly et sa nouvelle relation passèrent tout l'après-midi à discourir de choses et d'autres qui font habituellement les attraits des conversations de salon. Au moment de se séparer, Dolly s'approcha de lady Croft avant de lui étreindre de ses mains les siennes.

— J'ai été ravie de faire votre connaissance, Lady

Croft.

— Moi aussi, Madame la Duchesse, fit-elle avec un sourire sincère.

— Oh ! Je vous en prie, appelez-moi Dolly.

— J'acquiesce à votre demande si vous acceptez, vous aussi, de m'appeler Charlotte !

Dolly rentra chez elle ravie de cette nouvelle rencontre. Elle avait déjà prévu de convier Charlotte à venir prendre le thé à la fin de la semaine avec ses filles et ses trois fils. Le plus grand allait avoir onze ans tandis que le petit dernier n'avait que deux ans. Et celui âgé de tout juste six ans ressemblait tant aux jumelles que l'on aurait dit des triplés. Or, même si lady Croft adorait ses enfants, son corps, quant à lui, n'avait pas supporté autant de grossesses. Ce qui donnait un prétexte à son mari pour aller butiner d'autres fleurs moins fanées, comme elle avait eu l'élégance de lui narrer. Bien qu'elle sache au fond d'elle qu'il n'avait pas attendu ce changement d'apparence pour s'y atteler… Elle balaya silencieusement de sa tête cette dernière pensée afin de poursuivre ses explications. Elle apprit donc à Dolly que depuis qu'elle avait donné naissance à son deuxième garçon, son mari, rassuré que le nom des Croft ne s'éteigne pas de sitôt, avait accepté alors qu'elle sorte et qu'elle occupe ses journées comme elle le désirait. Tout avait un prix ! avait-elle ajouté avec un large sourire afin de rassurer Dolly. Ou bien était-ce pour elle-même ? Évidemment, elle se voilait la face en sachant pertinemment qu'elle était libre de faire ce que seulement lord Croft lui autorisait…

Les deux ladies continuèrent à se voir fréquemment et une amitié intime naquit entre elles. Dolly pouvait alors raconter librement cet amour perdu et Charlotte la consolait par de bonnes paroles qui réchauffaient le cœur de la jeune femme. Sa nouvelle amie avait bien essayé de lui faire rencontrer d'autres galants. Néanmoins, lorsqu'elle s'aperçut que Dolly les regardait si peu, et se sentait même gênée en leur présence, elle comprit que la jeune femme n'était pas prête à rencontrer à nouveau l'amour. Elle continua donc de voir Dolly, mais elle arrêta d'inviter des amis chez elle comme elle avait pris l'habitude de le faire chaque fois que la jeune femme venait boire le thé.

Comme Victoria allait bientôt fêter sa première année, Charlotte proposa à Dolly d'organiser chez elle une petite fête. Elle l'informa qu'elle inviterait quelques-unes de ses amies qui avaient également des enfants en bas âge. Certaines d'entre elles, d'ailleurs, avaient déjà rencontré Dolly.

La journée d'anniversaire commença dès le réveil de Victoria. Elle reçut de sa maman une jolie petite poupée en chiffon. Après un bon déjeuner, Dolly, sa fille et Julie, la nouvelle poupée, se rendirent chez Charlotte. L'après-midi se déroula joyeusement. Une présence exclusivement féminine s'anima tout ce temps dans le salon, car les trois fils de Charlotte, qui tantôt jouaient dehors dans le parc, préféraient de loin courir dans les couloirs de la vaste demeure de lord Croft. Il n'était pas question pour eux de se retrouver à devoir jouer avec des filles ! Entre la distribution de cadeaux, de confiseries et de cet énorme gâteau pour lequel les garçons réapparurent soudainement dans le salon, le temps qui s'écoula fut fort agréable. Dolly reçut plusieurs présents pour sa fillette qui balbutiait de petits cris de joie. La jeune maman qu'elle était regardait sa petite se lever en tanguant tantôt sur son petit pied droit, tantôt sur celui de gauche pour prendre un jouet qui traînait sur une chaise. Dolly se mit à penser qu'elle aurait tant aimé partager ces moments-là avec Anton. Alors qu'elle continuait à rêvasser, les yeux grands ouverts, et que tout se passait pour le mieux, le mari de Charlotte rentra à l'improviste de son voyage.

Parti depuis deux longues semaines à Londres, il n'avait pas jugé utile de prévenir son épouse de son retour. De toute façon, lady Croft ne savait jamais à l'avance ce qu'il décidait de faire…

À peine eut-il ôté sa veste dans le hall de l'entrée qu'il exigea de voir sa femme. Seule, avait-il ajouté d'un ton excédé lorsqu'il avait entendu des cris d'enfants dans le salon. Son majordome s'exécuta sans délai.

Lorsque lord Croft trouva que son épouse était bien longue à venir se présenter à lui, il se déplaça dans le grand salon mauve pour le lui faire savoir. C'est alors qu'il aperçut la belle Dolly. Un désir l'envahit intensément à en croire la protubérance qui marquait ses vêtements. Gênée par les attentions lubriques de celui-ci, Dolly prit aussitôt congé de Charlotte et des autres dames en prétextant un début de migraine. Elle quitta les lieux si rapidement qu'elle s'aperçut une fois arrivée chez elle qu'elle avait oublié tous les présents offerts à Victoria. Elle n'avait pas pu s'empêcher de fuir, car elle avait entrevu dans les yeux de cet homme beaucoup plus âgé que son amie Charlotte, le regard libidineux de son défunt mari.

Quelques jours plus tard, par un bel après-midi ensoleillé, durant lequel Dolly s'attelait à la récolte de quelques plantes médicinales qui poussaient dans son potager, un visiteur vint la voir *au débotté*. Lorsqu'elle entendit la voix d'un homme l'interpeller, tout en se relevant de sa position courbée, elle se demandait bien qui pouvait venir l'importuner dans sa retraite. Elle se retourna et se retrouva nez à nez avec lord Croft !

Celui-ci, ayant appris qu'elle vivait seule depuis la mort de son époux, s'était mis en tête de la séduire tant elle lui plaisait. Pour le lui faire d'abord comprendre, il se saisit de sa main sur laquelle il déposa un baiser. Il conserva sa main dans la sienne sans que Dolly ne lui oppose un quelconque rejet. La pauvre Dolly se sentait tellement transie de peur qu'elle n'arrivait plus à bouger ni à parler. Pourtant, dans sa tête sa conscience lui hurlait « Fiche-le dehors, immédiatement ! » Mais elle n'en fit rien et continua de rester figée.

— J'ai pensé que je pourrais tout à fait vous rendre

quelques petites visites. La présence d'un homme fort n'est jamais désagréable pour une femme telle que vous.

Tout en s'écoutant parler, il accentua ses caresses sur le dessus de la main de Dolly. Désagréablement surprise, elle écarquilla tant ses beaux yeux vert clair qu'elle aurait pu en perdre un.

— Nous pourrions faire un échange de bons procédés, si vous voyez ce que je veux dire, ajouta-t-il avec un sourire carnassier.

Sortie de sa torpeur par ces paroles, elle lui rétorqua en dégageant sa main de la sienne :

— Quelle espèce d'homme croyez-vous être, Monsieur, pour vous rendre ainsi chez moi ? N'avez-vous donc que si peu de respect pour votre femme ?

D'un geste de la main, il balaya cette question, peu accoutumé à ce que les femmes lui résistent. Sans aucun scrupule, il insista en s'approchant encore plus près d'elle.

— Ne me dites pas que je vous suis indifférent ! J'ai bien vu votre regard, la dernière fois chez moi ! J'ai quelques besoins primaires à satisfaire et vous, vous avez certainement besoin d'une protection masculine, n'est-ce pas ? rétorqua-t-il en l'attrapant par la taille tout en la serrant contre lui.

Elle se dégagea en le repoussant brusquement. D'un timbre de voix rempli de colère, elle réussit à le renvoyer de chez elle sur-le-champ. Mais l'homme avait quitté les lieux en se disant qu'il lui faudrait persévérer avec elle. Son refus n'avait qu'accentué son désir. Dolly s'était enfermée à double tour avant de s'effondrer en pleurs en s'appuyant sur la porte d'entrée.

À peine remise de ses émotions, Dolly fit parvenir un pli à son amie Charlotte. Elle l'informait de son intention de quitter Bath et de rentrer à Kentwell Park. Elle la conviait en même temps à venir séjourner quelque temps chez elle. Charlotte avait tout de suite compris pour quelles raisons Dolly quittait brusquement la ville d'eau, dès lors que son mari était rentré, ce soir-là, avec une haleine fortement avinée. Il avait dû certainement passer tout l'après-midi dans un tripot après qu'elle l'eut rejeté. Aussitôt chez lui, il n'avait même pas attendu de se retrouver dans ses appartements pour culbuter son épouse. Il l'avait saisie par le bras avant de la posséder là, sans ménagements, ses enfants dans la pièce d'à côté. La pauvre Charlotte avait eu mal. Une fois de plus, il avait meurtri son corps. Après son départ, elle s'était sentie sale, humiliée, surtout lorsque son fils aîné s'était avancé vers elle pour la couvrir d'un châle abandonné sur le sofa. Elle s'était effondrée en pleurs, à l'idée que son mari la traite ainsi comme une traînée devant ses enfants. À ses yeux, elle ne valait pas mieux que ses autres conquêtes d'un soir…

Lorsque Dolly arriva au palais sans avoir prévenu qui que ce soit de son arrivée, elle fut agréablement surprise. L'accueil que lui réserva toute sa domesticité la ravit. Ils affichaient tous de véritables sourires sur leur visage. Revoir des faciès si familiers rassura Dolly. Et lorsqu'Ethel rentra de quelques courses faites au village, leurs retrouvailles les plongèrent dans des pleurs de joie.

Le soir même, Dolly apprit par Ethel que lady Clarisse attendait un enfant. Elle était heureuse pour Anton parce qu'il le méritait vraiment. Elle apprit également qu'il avait décidé de rentrer dans son pays afin de présenter son épouse à ses parents. Qui plus est, il souhaitait que son premier enfant naquît sur les terres sur lesquelles lui-même avait vu le jour.

Cette nouvelle occasionna une douleur à Dolly, mais qui fut quelque peu atténuée par celle qu'exprima Ethel, lorsqu'en pleurs elle lui annonça que Markus partait aussi. Dolly ne comprenait toujours pas pourquoi Markus ne s'était pas encore déclaré auprès de sa cameriste. Ils s'aimaient, à n'en pas douter !

Malgré cela, leur séparation eut lieu. Elle fut douloureuse et pénible. Durant les semaines qui suivirent leur départ, Ethel n'avait pas repris goût à la vie. Heureusement pour elle, Dolly ne s'abandonna pas non plus au chagrin et s'évertua chaque jour à faire sortir son amie de la grande mélancolie dans laquelle celle-ci avait plongé la tête la première…

Le comte von Kinsky et sa femme avaient quitté depuis plusieurs mois l'Angleterre, mais Markus était revenu au bout de deux mois pour retrouver sa gente Dame. Aussitôt arrivé en Autriche, il s'était demandé ce qu'il faisait là-bas sans l'être de son cœur. Après avoir discuté longuement avec ses trois amis, il était revenu enlever sa douce Ethel pour l'épouser. Dolly avait organisé leur mariage et Victoria s'était retrouvée à être la petite fille d'honneur. Le jeune couple s'installa dans les environs de Kentwell Park et Dolly reprit le cours de sa vie, tranquille, comme celle qu'elle avait eue, jadis, dans sa tendre jeunesse.

Épilogue

Plus de cinq années s'étaient écoulées durant lesquelles aucun homme n'était entré dans l'existence de Dolly. Elle n'en avait eu qu'un seul dans sa vie et Victoria en était le témoignage secret et l'héritage de leur amour.

Un beau jour, elle apprit par Ethel qui avait déjà deux enfants, Tobias et Julian, que l'épouse d'Anton était décédée en mettant au monde leur deuxième garçon, lequel n'avait malheureusement pas survécu non plus. Cette nouvelle retourna Dolly qui supportait difficilement la perte de cet amour. D'autant que maintenant, elle éprouvait de la peine pour Anton de le savoir endeuillé. Tout ce gâchis de temps et toutes ces vies perdues qui n'avaient épargné ni l'un ni l'autre.

Quelques semaines plus tard, Dolly était toujours très affectée par cette mauvaise nouvelle. Ethel et son mari, qui avaient prévu de faire un voyage en Italie avec leurs deux fils, lui proposèrent de les accompagner avec sa fille pour se changer les idées. Dolly s'en trouva aussi enchantée que sa jolie fillette, âgée maintenant de plus de six ans. L'organisation de cette petite expédition leur prit un bon mois, mais ils étaient tous fin prêts à partir pour ce long voyage. Après plusieurs semaines, ils mirent pied en Italie avec l'intention d'y passer plusieurs mois. Ils commencèrent par Venise, la cité flottante. Pendant la journée, sur des gondoles parcourant de nombreux canaux, ils visitèrent la ville et son lagon qui le séparait de la mer. Puis, ses marchés dans lesquels les femmes découvrirent de nombreuses soies bien différentes de celles qu'elles connaissaient. Markus les entraîna également dans de petites boutiques, où se vendaient de nombreux objets artisanaux, tels les fameux masques qui donnaient également comme nom à Venise, la cité des masques. Dolly s'était alors souvenue de ce merveilleux masque que lui avait offert son professeur italien, Mr Visconti. Une nostalgie l'avait saisie avant qu'elle ne se reprenne afin de ne pas inquiéter sa fille et ses amis. Tout en visitant les petits recoins de la ville, un après-midi, ils avaient fini par tomber sur quelques commerçants légèrement remontés depuis que la ville avait été intégrée à l'Empire d'Autriche, et ce, depuis deux années déjà. Les locaux n'avaient alors que moyennement apprécié de voir un Autrichien chez eux. Donc, après une dernière visite à la Basilique Santa Maria della Salute, un des lieux saints, le plus baroque de la ville, ils avaient migré vers la ville de Vérone en traversant une multitude de petits villages sur leur route. Autant Ethel et Markus avaient adoré résider dans cette ville, autant Dolly, après quelques jours, avait ressenti une certaine tristesse dans son cœur. Cette mélancolie ancienne l'avait rattrapée après qu'un libraire lui eut vendu un livre sur la vie des amants de Vérone. Elle n'avait eu aucun mal à lire cette tragédie écrite tout en italien, car Mr Visconti avait été un excellent professeur. Elle avait donc lu d'une traite l'histoire de Roméo et Juliette. Depuis, son moral était tombé bien bas. Alors ses amis avaient accepté pour elle de quitter la ville la plus romantique d'Italie pour se rendre à Florence. Ils mirent plusieurs jours avant de l'atteindre. Finalement, sur place, ils décidèrent que ce serait le dernier endroit qu'ils visiteraient avant de rentrer en Angleterre. Fatigués par ce nouveau trajet, ils restèrent à dîner à leur hôtel le soir même. Le lendemain, après un réveil tardif, Markus avait convaincu tout le monde d'aller faire une petite visite de la ville dans l'après-midi. Pendant que les femmes et ses fils s'apprêtaient pour sortir, Markus décida au vu de l'heure d'aller réserver une table pour le dîner. Il avait entendu parler du prestigieux restaurant du chef *Giacomo Puccini*. Markus décida donc de s'y rendre seul rapidement. Aussi surprenant que cela puisse paraître, il croisa au détour d'une rue Anton et son fils Alexandre. La joie des retrouvailles fut à son comble et Markus insista pour qu'Anton et son fils partagent le soir même leur dîner. Aussitôt rentré à son hôtel, Markus fit part de cette nouvelle à Ethel qui s'en alla aussitôt la répercuter à sa chère amie Dolly.

— Comment ça ? Anton est ici ! Avec son fils ? s'exclama Dolly, rendue nerveuse par cette nouvelle.

— Oui, Dolly ! Anton et son fils, Alexandre. Ils vont se joindre à nous pour la soirée. Markus les a déjà conviés à dîner, ajouta Ethel.

— Je crois que c'est au-dessus de mes forces. Je ne peux le revoir maintenant, je ne suis pas prête pour cela…

— Alors je te conseille de te faire une beauté, on ne sait jamais… laissa sous-entendre Ethel à Dolly devenue, au fil des ans, sa confidente depuis qu'elle n'était plus sa cameriste.

— Je ne peux…

— Je reviens plus tard te coiffer, Dolly ! répliqua Ethel avant de tourner les talons en vue de sortir de la pièce.

Elle s'arrêta sur le seuil de la porte et se retourna vers son amie. Elle lui fit un clin d'œil accompagné d'un large sourire avant de refermer la porte sur elle. Dolly sentit sa tête vaciller avant de sentir des frissons dans tout son corps. Anton ! Elle allait revoir Anton ! Elle entra dans une telle nervosité qu'il lui fallut au moins deux bonnes heures pour se ressaisir. Victoria ne comprenait pas ce qui arrivait à sa maman. Mais comme elle lui dispensa un énorme câlin, la fillette oublia instantanément pourquoi celle-ci s'affolait dans tous les sens.

Pour le plus grand désarroi de Dolly, l'heure du rendez-vous pour le dîner sonna. Elle sortit de sa chambre accompagnée de sa fille dont elle tenait la main un peu plus serrée que d'habitude. Arrivées dans le hall d'entrée de l'hôtel, elles retrouvèrent la famille de Markus au grand complet. Ensemble, ils se rendirent au restaurant *Giacomo Puccini* dans lequel ils rejoignirent comme prévu Anton et son fils. Lorsqu'Anton aperçut Dolly, il la trouva plus belle que jamais. Il est vrai qu'elle n'avait pas lésiné sur sa tenue. Elle était magnifique et la coiffure qu'Ethel lui avait faite mettait en valeur son visage quelque peu mûri par le temps. Anton était lui aussi toujours très attirant. Ses tempes s'étaient quelque peu grisées, mais son visage appelait toujours les caresses. Il avait toujours la même allure, le même maintien et son regard gris métallique sembla, tout comme la première fois, transpercer l'âme de Dolly. Il leur fallut, à tous les deux, plusieurs minutes avant de pouvoir échanger un seul mot. Ethel s'adressa alors à Anton et celui-ci leur présenta son fils Alexandre, âgé d'un peu plus de cinq ans, soit d'un an de plus que Tobias, l'aîné des garçons. Alexandre proposa aussitôt à Tobias de venir s'amuser avec lui. Ils prirent alors chacun leurs petits chevaux de bois et se mirent à jouer ensemble. Puis Victoria et Julian les rejoignirent dans leur jeu apportant, par la même occasion, les leurs.

Les adultes s'installèrent autour d'une table et une

conversation difficile débuta. Mais Markus avait heureusement le don de faire rire et il fit en sorte que le sérieux qui pesait à table se dissipe totalement. Anton leur apprit que Franz et Friedrich s'étaient également mariés et avaient chacun deux enfants. Markus en profita pour raconter de petites anecdotes de leur enfance passée, amenant ainsi quelques rires au sein de leur petite assemblée.

Qui plus est, les enfants qui dînaient juste sur une petite table, adjacente à celle de leurs parents, n'arrêtèrent pas de se chamailler pour se rabibocher la seconde suivante. Ces petits démêlés occupèrent alors leurs parents durant une grande partie du repas.

À la fin de celui-ci, ils décidèrent d'aller se dégourdir les jambes dans l'un des jardins qui faisaient la renommée de Florence. L'abondance des diverses variétés de fleurs exotiques parfumait chaque allée dessinée par de petits graviers de marbre rose. Dolly huma l'air tandis qu'Anton la regardait fermer les yeux. Elle souriait et semblait soudain heureuse.

Au détour d'un chemin, une fontaine laissait jaillir son eau en cascade, ce qui attira les enfants. Ils s'approchèrent d'assez près pour accoler leurs petites mains sur la vasque. Quand ils y aperçurent, dans les petits remous de l'eau, des poissons en train de nager, ils poussèrent des cris de joie. Après s'être légèrement arrosés avec leurs mains en jouant avec les jets d'eau, les enfants se mirent à courir au-devant des adultes. Au fil de cette promenade,

Markus et Ethel ralentirent leurs pas avant de prendre un nouveau chemin de graviers roses. Ils laissèrent ainsi une certaine intimité à leurs deux amis.

— Anton, prononça doucement Dolly.

Comme elle s'arrêta de marcher, cela força Anton à en faire de même. Il se retourna et s'avança d'un pas vers elle, troublé.

—Je voulais vous dire à quel point je suis navrée pour la mort de votre épouse et de votre autre enfant, déclara-t-elle après un silence pesant.

— Dolly, je vous remercie pour ces paroles... La vie ne m'a pas plus épargné qu'elle ne l'a fait avec vous, répondit-il en prenant ses mains entre les siennes. Je sais que vous aimiez votre mari, même si je ne voulais pas le croire lorsque la comtesse de Welles l'a confirmé à Clarisse, mais je l'ai vraiment compris le jour où vous l'avez mis en terre. Vous étiez si triste que je me suis demandé comment je pourrais vivre en sachant cela. Ensuite, la vie a poursuivi son cours et…

Anton ne put terminer sa phrase tant sa gorge s'était serrée. Dolly se sentit meurtrie par ses paroles. Elle aurait tant voulu lui crier qu'elle n'avait jamais aimé son mari et que lui seul avait rempli son cœur d'un amour ardent. Tous deux restèrent quelques minutes dans le silence à se fixer du regard avant d'entendre Victoria appeler sa mère. Ils délacèrent leurs mains lorsque Victoria apparut à leur vue au détour d'un nouveau petit chemin.

—Maman ! Tobias ne veut pas jouer avec moi,

annonça-t-elle à sa mère, une moue boudeuse sur les lèvres. Il est avec Alexandre et il dit qu'il ne joue pas avec les filles…

Dolly se baissa afin de faire un câlin à son enfant. Elle lui essuya quelques petites larmes à peine visibles avant d'entendre Tobias crier le prénom de sa fille. Victoria repartit aussitôt avec un sourire sans aucun regard derrière elle. Dolly se releva et un joli rire cristallin s'échappa de sa bouche.

— Elle est magnifique, Dolly.

— Merci, répliqua-t-elle avec un petit pincement au cœur, d'une voix si basse qu'elle inquiéta Anton.

— Dolly ?

Les larmes avaient remplacé son rire. Elle était toujours habitée par cette douleur de voir qu'il ne reconnaissait pas en cette enfant ses propres traits.

Elle lui ressemblait tant !

Anton s'approcha d'elle et l'attrapa au creux de ses bras.

— Dolly. Que se passe-t-il ? murmura-t-il dans ses cheveux.

Elle fut prise soudainement de sanglots incontrôlables qui l'empêchèrent de lui répondre.

— Chut… continua-t-il à murmurer à son oreille tout en lui caressant le dos. Je vous en prie, ma douce. Je suis là, maintenant. Laissez-vous aller, je suis là, répéta-t-il.

Après quelques longues secondes, Dolly se ressaisit. Elle s'essuya les yeux avec le mouchoir que lui tendit

Anton.

— Pardonnez-moi, Anton ! Je ne sais pas ce qui m'a pris à me laisser aller à pleurer de la sorte.

— Il n'y a rien que je ne puisse vous pardonner ou qui ne le soit déjà, ma douce Dolly, fit-il en lui caressant la joue tendrement.

Puis il plaça sa main sous son menton afin de relever sa tête vers son visage. Il plongea son regard dans ces belles prunelles vert clair, qui n'avaient rien perdu de leur superbe. Il s'aperçut que les lèvres de Dolly tremblaient légèrement. Il s'approcha plus près, osant poser sa bouche sur la sienne avant de l'embrasser dans un baiser passionné tout en la serrant contre lui. Il déposa un baiser dans ses cheveux avant de lui dire à l'oreille des mots qu'elle n'aurait jamais voulu entendre dans sa bouche.

— J'aurais tellement voulu que tout cela se passe différemment. J'aurais tant souhaité être le père de votre enfant. La douleur de vous savoir avec un autre m'a rendu fou et j'ai épousé sur un coup de tête une femme remplie de gentillesse. Elle m'a donné un fils merveilleux que j'adore, pourtant, je n'ai jamais su réellement aimer sa mère... Vous aviez emporté avec vous toute ma passion, tout mon amour ! Vous savoir dans les bras d'un autre...

Il ne put finir sa phrase. Malgré les années passées, il n'avait jamais pu accepter le fait de la savoir dans le lit d'un autre homme, dût-il être son époux. Le lui avouer aujourd'hui lui semblait la meilleure chose à faire afin de pouvoir construire un avenir avec elle. Il l'aimait comme au premier jour, avec la même fougue. Si elle les acceptait, lui et son fils, il pourrait très bien être le père de Victoria qui n'avait jamais vraiment connu le sien. Mais la réaction de Dolly fut tout autre. Le visage transformé par la douleur, elle se détacha de lui.

— Mon Dieu, Anton ! Je vous ai aimé ! Vous, et vous seul. Votre jalousie a aveuglé votre jugement. Vous ne m'avez jamais aimée assez profondément pour savoir que jamais je ne serais allée avec un autre homme que vous. Jamais depuis cette nuit…

— Que voulez-vous dire ?

Il avait la gorge serrée et se trouvait décontenancé par ses paroles.

— Comment n'avoir pas reconnu ce qui vous avait toujours appartenu, comment n'avoir pas trouvé ce que vous n'aviez jamais perdu ? Ô Seigneur, Anton !

— Je n'ose comprendre, Dolly…

— Victoria est votre fille !

À ces mots, Anton se laissa tomber à genoux sur les graviers. Ses mains avaient recouvert entièrement son visage. Quelle raison l'avait poussée à lui taire la vérité ? Pourquoi ne lui avait-elle pas avoué que c'était sa fille qu'il avait sauvée avec elle le soir de son accouchement ? Pourquoi ? Toutes ces interrogations le tourmentaient.

— Dolly, expliquez-moi votre silence, je vous en prie ! Dites-moi !

Il s'était relevé et la maintenait par les épaules.

— Parce que je vous pensais indifférent à ma

personne. Vous n'étiez pas revenu dans ma chambre comme vous me l'aviez dit, le soir où je me suis offerte à vous. À mon réveil, je n'y ai vu qu'un amusement d'une soirée. Lorsque j'ai accepté d'épouser le duc de Clarence, je venais de perdre mon manoir. Je n'avais plus les moyens d'avoir un choix !

— Mais je voulais vous épouser le soir même ! Mon Dieu ! Je suis revenu dans votre chambre, mais comme vous étiez au beau milieu du lit, je suis retourné dans la mienne et ce n'est qu'après une nuit de sommeil comme je n'en avais pas eu depuis des mois que je vous ai perdue ! Perdue ! s'écria-t-il.

Ses explications plongèrent Dolly dans un effroi terrible.

Quel quiproquo !

Quel gâchis !

Toutes ces années passées à songer qu'il s'était servi d'elle pour assouvir un plaisir, alors qu'il l'aimait depuis le premier jour. Son amour n'avait pas connu de limite si ce n'était celle qu'elle lui avait imposée par son silence.

— Dolly, je vous aime ! Je vous aime et je vous aimerai jusqu'à la fin de mes jours ! Vous pouvez le ressentir. Vous le savez au fond de votre cœur sinon vous ne m'auriez jamais avoué que Victoria était ma fille. Dites-moi que rien n'est perdu ! Assurez-moi que vous m'aimez assez pour vivre auprès de moi ! Je ne pourrai pas supporter de vous perdre encore une fois, dit-il la voix brisée.

— Je vous aime, Anton, en dépit de tout ce qui nous est arrivé. Je vous aime comme je vous ai toujours aimé dès ce premier instant où nos regards se sont croisés.

Tels deux êtres à la dérive, ils s'enlacèrent avant d'échanger un long et profond baiser, comme si leur vie en dépendait. Dans cet échange, ils se sauvaient, ils renaissaient, ils vivaient de nouveau. Le pardon n'était plus de mise et seul l'amour avait maintenant sa place.

Au bout d'un moment, Anton se détacha de Dolly. Nul mot n'était nécessaire pour savoir ce qu'ils comptaient faire. Main dans la main, ils s'en allèrent rejoindre Markus et Ethel. En les voyant arriver vers eux, Ethel annonça aux enfants qu'elle avait l'intention d'acheter un bon chocolat chaud à qui serait bien sage. Des cris de joie jaillirent des petites bouches avant qu'Ethel ne soit attaquée par plusieurs mains potelées qui recherchaient les siennes. C'est ainsi qu'Ethel, son mari et leur petite troupe s'en allèrent à la recherche d'une petite auberge, laissant derrière eux Anton et Dolly, leurs âmes enfin réunies.

Anton avait emmené Dolly à l'hôtel dans lequel il résidait avec son fils. Dès lors que la porte de sa chambre les emprisonna, ils retrouvèrent cette complicité qui les avait unis la toute première fois. Les lèvres pleines de Dolly appelaient toujours les baisers et Anton s'en délecta en s'immisçant dans la chaleur de sa bouche sans avoir à forcer la barrière de ses dents. Dolly se retrouva accolée au mur tandis qu'il approfondissait son baiser, l'explorant, la goûtant dans une ronde folle avant que leurs langues ne finissent par s'accorder. De petits gémissements s'échappèrent de leurs gorges tandis qu'il lui déboutonnait le dos de sa robe. Le tissu soyeux chut à ses pieds laissant ainsi place à une camisole de mousseline qui dévoila les formes d'une belle poitrine généreuse. Anton admira sa silhouette pulpeuse en songeant que sa grossesse n'avait fait que l'embellir. Il posa une main frissonnante sur l'un de ses seins dont il sentit la pointe se durcir et s'ériger dans sa paume. Dolly se mit à gémir. Il retira sa main et la souleva dans ses bras pour la déposer délicatement sur son lit avant de s'allonger à ses côtés. Elle laissa échapper un petit soupir d'extase lorsqu'au travers de la mousseline, il frôla de sa langue cette aréole rose avant de s'en emparer de sa bouche. Le tissu devenu humide resta collé à son sein tandis qu'il prenait l'autre d'une même façon. Elle s'arqua sous ce supplice et Anton se releva légèrement pour lui ôter sa chemise avant de se dévêtir totalement lui aussi. À peine quelques secondes lui suffirent pour retrouver ce grain de beauté, cette petite mouche *généreuse* que Dolly avait sur le renflement de son sein droit. Ce même sein qu'il venait de prendre en succion et qui s'offrait à nouveau à lui. Tout en le parcourant de sa langue, il le titilla, le suça, le taquina avant de le libérer. À chacune de ses caresses charnelles, il murmurait à son amante de doux mots. Tantôt près du lobe de son oreille qui la firent vibrer, tantôt sur sa peau qui frissonna à chaque souffle de murmures, puis, sur ses lèvres dont elle but chacun d'eux. Il voulait faire durer le plaisir, car il voulait que chaque pouce du corps de Dolly tremble et s'anime sous ses mains. Par une myriade de petits baisers qu'il abandonna sur ce corps qui lui avait tant manqué, il chemina jusqu'aux trois grains de beauté parfaitement alignés que Dolly avait sur la hanche gauche. Lorsqu'il passa sa langue voluptueusement dessus, Dolly se sentit tressaillir.

Mais le grain de beauté qu'il recherchait n'était pas de ceux-là non plus…

Il continua à semer de petits baisers jusqu'à ce petit charme qu'il finit par retrouver. Celui-ci se cachait tout près de sa féminité. Après avoir déposé quelques baisers légers dessus, il dessina de sa langue de petites arabesques qui le conduisirent jusqu'au trésor qu'elle lui avait offert, il y avait déjà tant d'années ! Pour la seconde fois de sa vie, il dévora avec ferveur sa belle, la sentant vibrer entre ses mains de passion trop longtemps contenue. De nombreuses et délicieuses secousses animèrent le corps de Dolly, tandis que le corps d'Anton se gorgeait d'un désir et d'une volupté qu'il avait cru ne plus jamais pouvoir ressentir de nouveau. Il remonta lascivement jusqu'à sa bouche et se fondit dedans jusqu'à s'y noyer.

Alors, comme la première fois, il se sentit prêt à se glisser en elle… Il posséda Dolly avec une passion dévorante. Avec ardeur. Avec extase. Avec toute son âme… Dolly ressemblait à un jouet entre ses mains et pourtant, elle s'abandonnait totalement avec liesse à ses élans fougueux qu'il réitéra plusieurs fois.

Ce moment long, délicieusement long, rempli d'ivresse et d'ardeur avait enfin réuni deux êtres séparés par de longues années de douleur et de tristesse.

Cette nuit, l'amour avait tout vaincu...

Au petit matin, Anton annonça à Dolly qu'il souhaitait l'épouser là, maintenant, avant que quelque chose ne puisse venir les troubler. Elle remua la tête en signe d'acquiescement tandis que son sourire s'élargissait. Il s'empara alors de ses lèvres pour sceller cet accord, loin d'être incongru ! Les sensations les rattrapèrent et leurs corps se mirent à réagir à tout cet enthousiasme.

Et à nouveau, Anton se perdit en elle...

Lorsqu'ils se remirent de leurs émois, Anton se vêtit rapidement afin d'aller demander au réceptionniste de faire parvenir un mot à ses amis. Il demanda également que de l'eau chaude lui soit apportée dans sa chambre. Lorsqu'il réapparut quelques minutes plus tard, Dolly l'attendait sagement dans le lit. Heureusement qu'une domestique frappa à la porte sinon... Eh bien, sinon, l'heure aurait tourné sans qu'ils ne s'en rendent compte...

Une demi-heure plus tard, ils finissaient de se préparer tandis que Markus lisait à voix haute le message d'Anton, qu'un garçon de courses venait de lui apporter. Il annonça à sa femme et aux enfants de leurs amis — qu'ils avaient gardés en plus des leurs à dormir dans leur chambre — qu'ils se rendraient tous à une fête dans l'heure. Ethel habilla ses fils ainsi qu'Alexandre avec des habits de Tobias avant de se rendre dans la chambre de Dolly afin de prendre du linge propre pour Victoria. Joliment apprêtés, ils étaient tous arrivés devant l'église et avaient retrouvé Dolly et Anton main dans la main, attendant impatiemment leurs amis et leurs enfants sur le parvis.

Le prêtre, de mauvaise humeur, ne souhaitait pas ordonner le mariage sans une publication des bans, mais il finit par cesser de marmotter et agréa à la demande d'Anton dès lors qu'il lui glissa entre les mains une grosse liasse de billets. La cérémonie fut simple et rapide, car la seule chose qui comptait pour Anton et Dolly était qu'ils soient enfin unis.

Peu après l'échange ému des vœux, ils passèrent tous ensemble la journée dans une petite auberge dont l'arrière-cour permettait aux enfants de jouer en plein air. Dolly vivait là une journée merveilleuse, certainement la plus heureuse de sa vie passée. Et à en croire l'amour que lui portait Anton, ce ne serait sûrement pas la dernière…

Avant la fin de la soirée, le jeune marié avait récupéré ses affaires dans sa chambre d'hôtel afin de les déposer dans la chambre de sa bien-aimée. Il n'était plus question pour eux deux d'être séparés une nuit de plus.

Deux jours plus tard, Markus et Ethel retournaient avec les quatre enfants en Angleterre. Ils avaient gardé avec eux Victoria et Alexandre. Les jeunes mariés étaient restés une semaine de plus afin de passer celle-ci en amoureux. Ces sept jours furent les plus merveilleux qu'il leur avait été donné de vivre. Mais la fin de cet incroyable séjour sonna et pourtant, ce n'était pas une fin en soi. Leur belle histoire d'amour, qui avait vu le jour il y avait déjà tant d'années, n'en était qu'à son prélude.

C'est le cœur rempli d'un même amour qu'ils décidèrent de rentrer en Angleterre pour retrouver les leurs. Anton avait envoyé tout de suite un mot à ses parents. Il leur avait fait savoir qu'il comptait se rendre chez eux au plus tôt afin de leur présenter sa femme et sa fille. Markus, accompagné d'Ethel et de ses deux fils, décida qu'il était temps également pour eux de rentrer au pays et de rendre visite à ses parents. Ils reprirent donc tous ensemble le chemin de l'Autriche après avoir vendu biens et domaines. Dolly s'était séparée de ses terres sans regret, car elle souhaitait vivre en Autriche. Bien qu'elle ne connût pas ce pays, c'était celui qui avait forgé son mari et elle voulait y voir grandir l'enfant qu'elle portait en elle.

Sur place, les parents de son mari furent d'une grande bonté et Dolly fut accueillie avec tout le respect que l'on prodigue à une duchesse même si elle ne portait plus ce titre depuis son mariage avec leur fils. Ils acceptèrent aussitôt Victoria qui ressemblait tant à son père. D'autant que la fillette s'accorda immédiatement aux goûts de sa grand-mère qui étaient identiques aux siens. Elles adoraient toutes deux les toilettes, les bijoux brillants, les souliers en soie et autres colifichets…

L'immense domaine des parents d'Anton voisinait avec celui, plus humble, des parents de Markus. Ethel avait trouvé la demeure des parents de son époux fort agréable et le petit cottage qui se trouvait sur ces terres, très romantique. Markus avait alors accepté la proposition de son père, de résider dans cette petite habitation à la décoration *cosy*. Aussi, pour le plus grand plaisir des enfants, aucune séparation ne fut endurée entre eux. Ethel en était d'autant plus heureuse que son amie Dolly résidait dorénavant avec son mari dans ses anciens appartements, qui se trouvaient être d'une grandeur majestueuse. Assez, d'ailleurs, pour accueillir quelques mois plus tard, la naissance de Terence. Dolly avait accouché de ce joli petit garçon sans aucune complication.

La vie avait enfin accepté de les laisser tranquilles. Anton et Dolly continuèrent à vivre ensemble de longues, de très longues années. Mais ce qui compta vraiment, c'est qu'ils vécurent heureux, unis à jamais par le cousin germain de la haine : l'*Amour* !

Chères Lectrices, Chers Lecteurs,

J'espère que vous venez de passer un agréable moment avec mes personnages. Vous ne le savez sans doute pas, mais pour les auteurs indépendants tels que moi, ce sont vos commentaires qui donnent vie et visibilité à nos écrits. Ces retours sont vraiment cruciaux pour nous, pour moi. Aussi, je vous serais grandement reconnaissante de prendre quelques secondes pour laisser un commentaire, même bref, sur la plateforme d'achat.

J'ai le désir de rester accessible, c'est pourquoi je vous communique mon e-mail lhattie.haniel@gmail.com si vous aviez le souhait de me faire un retour de lecture plus personnel. Je vous répondrai avec grand plaisir.

Affectueusement,

Lhattie Haniel

RETROUVEZ-MOI SUR :

TWITTER
http://twitter.com/@LhattieH

FACEBOOK
https://www.facebook.com/lhattie.haniel/

Mon blog LE BOUDOIR DE LHATTIE
http://lhattie-haniel.blogspot.fr

Lady Rose & Miss Darcy, deux cœurs à prendre…
— L'univers étendu d'Orgueil & Préjugés —
Inspiré de l'œuvre de Jane Austen

Résumé

1817, comté du Berkshire — À vingt-deux ans, Lady Rose, passionnée de promenades dans la nature et de littérature romantique, ne souhaite pas pour autant modifier sa vie pour convoler en justes noces. Désireuse de conserver sa liberté, elle repousse donc, sans exception, tout prétendant. Pourtant, lorsqu'elle rencontre inopinément Lord John Cecil Scott, alors qu'elle se retrouve suspendue à la petite clôture d'un verger, l'arrogance et le manque de bienséance de ce séduisant voisin vont troubler profondément la jeune femme. Elle s'épanchera sur cette rencontre, avec un manque certain de franchise, auprès de son amie d'enfance, Miss Darcy. Cependant, cette proche parente des Darcy de Pemberley a, elle aussi, une chose qu'elle lui tait : son cœur bat en secret pour un jeune homme…

Pour que chaque jour compte, il était une fois…
— L'univers étendu du RMS Titanic —

Résumé

1911 — John Crawford et Lee Moore, deux jeunes hommes fortunés, décident de quitter les États-Unis pour se rendre en Angleterre. À bord du RMS Mauretania, Lee retrouve, par le plus grand des hasards, Lady Taylor accompagnée de sa fille, Lady Grace. Malheureusement pour lui, la froideur et le mépris que sa tante lui porte depuis sa plus tendre enfance n'ont pas faibli, tandis que sa jeune cousine n'a aucune idée des liens de cousinage qui les unissent. C'est ainsi qu'en préférant fuir la compagnie déplaisante de ces dames, John et Lee, lors d'une sortie nocturne sur le pont-promenade, vont tomber sous le charme de Julia et Hattie Allen, deux sœurs de petite condition. Bien que décidés à leur faire la cour, les deux hommes perdront finalement leurs traces dès leur arrivée à Londres. Pourtant, John est décidé coûte que coûte à retrouver la belle Hattie. Mais c'est sans compter sur Lady Vivian, une Anglaise qui a jeté son dévolu sur lui et qui compte bien l'épouser, même contre son gré !

Un Accord Incongru !

Résumé

1810 — Miss Dolly Green était anéantie par la demande du vieux duc. Ce marché, bien qu'incroyablement culotté, était peut-être le seul moyen pour elle de survivre. Elle venait de perdre son petit domaine et n'avait plus que sa beauté pour elle. Elle n'avait donc plus les moyens de rêver. Le bel Anton ne serait plus, à jamais, qu'un souvenir qu'elle pourrait chérir en secret…

Violet Templeton, une Lady chapardeuse

Résumé

1899 — Depuis sa plus tendre enfance, Lady Violet a un petit défaut en plus de son caractère tempétueux : le chapardage ! En grandissant — bien que ne manquant de rien —, elle reste une véritable cleptomane qui ne peut s'empêcher de fouiner et de prendre tout objet qui lui tombe sous la main. Ce qui est bien pis, c'est qu'elle ne s'en rend compte qu'une fois son forfait *accompli* ! Et voilà que par deux fois, à dix ans d'intervalle, elle se fait attraper par le même homme en train de chaparder un objet chez lui ! Après un corps à corps surprenant pour leur âge, Lord Edward lui susurre, d'une tonalité menaçante, ceci :

— Je vous laisse dix secondes, Milady, pour remettre en place ce que vous avez pris. Passé ce délai, il sera trop tard pour vous…

Le Mystérieux Secret de Jane Austen
— Inspiré de la vie de la romancière Jane Austen —

Résumé

1775, Steventon — Écoutez… Entendez-vous le tic-tac de l'horloge du grand salon qui se fait entendre ? Moi aussi je l'entends dans un bruit sourd avant que maman pousse un dernier cri sauvage qui couvre ce petit bruit. Silencieusement, je prends de l'air dans mes poumons, puis je crie. J'apparais enfin à la vie et l'on me nomme tout de suite Jane…

Message de l'auteur : Je n'ai pas la prétention d'avoir le fin talent de la très célèbre Jane Austen, mais il me tenait à cœur de vous raconter cette histoire poussée par mon admiration pour les écrits et par la vie de cette grande romancière anglaise. Au fil des pages, vous serez certainement saisie par les émotions en parcourant les premières années de sa vie et de celles de son écriture. Cependant, attendez-vous à être surpris par la mystérieuse romance qui s'est animée sous le sceau de ma plume. Il se pourrait même que vous ne vous en remettiez jamais ! Et si d'aventure, vous souhaitiez poursuivre cette lecture, il vous faudrait le faire sans soulever le moindre sourcil. Alors, peut-être qu'il vous sera dévoilé l'un des mystérieux secrets de Jane Austen : pourquoi ne fut-elle fiancée qu'une seule nuit à Harris Bigg-Wither ? Et seule cette histoire saurait vous le dire…

Saint Mary's Bay
— Les Jardins des Secrets —
Volume 1

Résumé

1897 — Ambrosia, cadette de la famille des Keighley, mène une vie tranquille à Maison Beauchamp tout en n'aspirant qu'à faire des promenades dans la forêt et à chasser papillons et autres insectes comme son grand-père le lui a enseigné dès lors qu'elle sut marcher. Mais le décès de son petit frère Edgar va plonger sa famille dans le besoin, ce qui n'arrange en rien les affaires de son père, Sir Humphrey, joueur invétéré et dépensier notoire auprès des gourgandines. Afin de récupérer de quoi poursuivre son train de vie dispendieux, il concède dans les liens du mariage sa cadette, sans qu'elle puisse y redire quoi que ce soit. Pourtant, toute jeune femme devrait se sentir flattée d'être ainsi distinguée par un homme si fortuné. Oui, certes ! Si Lord Greggson, comte de Langford, n'était pas son aîné de plus de cinquante ans ! Seulement, voilà ! À seize ans, une jeune fille rêve plutôt de rencontrer le prince charmant…

Saint Mary's Bay
— Les Jardins des Secrets —
Volume 2

Résumé

1902 — Un départ précipité de l'Amérique pour l'Angleterre avait fini par faire basculer à nouveau le destin de la jeune veuve Greggson, alors qu'elle venait de rencontrer le beau Dorian Valentyne. De retour au manoir familial, Ambrosia y avait retrouvé sa sœur aînée Edwina, à l'homosexualité cachée et aux secrets inavoués, lui vouant toujours une très grande haine. Mais heureusement pour Ambrosia, elle y avait retrouvé aussi son adorable mère, son affectueux grand-père, de divertissantes harpies, toutes aristocrates, ainsi qu'une ribambelle de domestiques, sans oublier sa divertissante marraine qui l'avait accompagnée. Les mois s'écoulent alors plus ou moins agréablement, malgré son vague à l'âme, jusqu'au jour où un grand nombre d'invités est attendu au manoir pour une chasse à courre. Bien qu'Ambrosia soit nouvellement fiancée au jeune médecin du village qui ne songe qu'à mettre la main sur sa fortune, l'un des invités ne la laisse pourtant pas si indifférente que cela…

Résumé

2016, Paris — Polina Leonidov et Vadim Volochenko sont deux enfants qui ont, malgré leurs jeunes âges, un incroyable coup de foudre alors qu'ils se disputent dans une cour de récréation. Les années s'écoulent voyant ainsi leur amour s'élever en secret, même si leurs trains de vie sont diamétralement opposés. Mis au parfum de leur idylle, Piotr Leonidov s'y oppose fermement et fait en sorte de séparer pour toujours sa fille aînée de ce jeune homme, qu'il juge de petit arriviste. Bien que l'époque des mariages arrangés soit révolue, il force Polina à se fiancer avec Mr. Levkine, un homme plus âgé qu'elle et fort aisé. Le cœur aussi brisé que sa belle, Vadim quitte la France avant leur union et coupe les ponts avec tout le monde, même avec ses propres parents. De retour après plusieurs années d'absence, Vadim apprend par sa mère que Polina, la seule femme qu'il a toujours aimée, n'a jamais épousé Mr. Levkine. Seulement, Vadim n'est plus libre, car il est *fermement* marié avec Moïsha…

Victoria Hall
— Volume 1 —

Résumé

1894 — Retirées aux bras de leur mère dès leur plus jeune âge pour être enfermées au pensionnat Saint George à Londres par un père à l'infidélité aussi grande que l'était sa beauté, Rebecca et Sarah Wheeler n'eurent plus qu'à compter l'une sur l'autre au fil des ans. Puis, un accident familial les plongea plus encore dans leur tristesse tandis que leur père quittait l'Angleterre pour l'Australie sans un regard pour elles. Débarrassé ainsi de ses filles et de Victoria Hall, la demeure ancestrale de sa défunte épouse, Lord Wheeler n'avait plus qu'à profiter seul de son immense fortune. Mais de nouveaux drames changèrent la donne et, alors que la Grande Guerre se propageait plus encore dans le Monde, Rebecca et Sarah ressortirent du pensionnat pour se rendre en Australie, chercher leur héritage. Plus belles et plus vaillantes que jamais, elles étaient si proches de leur rêve qu'elles n'avaient plus qu'à l'empoigner. Mais sur cette nouvelle terre sauvage, une surprise de taille les attendait : un demi-frère et une nouvelle mère, mais également aussi l'amour et la mort si elles n'y prenaient pas garde…

Victoria Hall
— Volume 2 —

Résumé

1917 — Si leur voyage en Australie n'avait pas trouvé écho à leur rêve, leur venue à Saint Mary's Bay avait au moins offert à Rebecca et Sarah une merveilleuse famille. Sarah paraissait se remettre peu à peu de la mauvaise nouvelle du front qui lui était parvenue et pour laquelle elle avait attenté à sa vie. Si cela semblait être son cas, celui de Rebecca en était tout autre. La jeune femme n'arrivait pas à oublier Charles Macquarie, le bel Australien qu'elle avait quitté sur le quai de Darwin. Le destin les avait frappées, chacune d'elles à sa façon, et l'espoir leur semblait aujourd'hui tout juste permis. Peut-être qu'un retour à Victoria Hall, la demeure de leurs ancêtres, leur permettrait de retrouver cette part de bonheur qu'elles aspiraient tant à avoir toutes les deux…

À propos de l'auteur

Lhattie Haniel est une romancière française. Son genre de prédilection est la romance historique à l'anglo-saxonne, avec une petite incursion dans la romance contemporaine.

Bercée dans son enfance par les récits de la Comtesse de Ségur de la Bibliothèque Rose, — elle a lu plus de cent fois *Les Malheurs de Sophie*, *Les Petites filles modèles* ainsi que *Les Caprices de Gisèle* —, elle s'évade ensuite avec Victor Hugo. Sa passion de la lecture la pousse alors vers les *Lettres* de Madame de Sévigné et bien d'autres grands classiques français. Pourtant, parmi les personnages les plus chers à son cœur, ce sont ceux d'un roman américain, *Les Quatre Filles du docteur March* de Louisa May Alcott.

À quarante ans et des poussières d'étoiles dans les yeux, elle laisse enfin sa fantaisie et son imagination s'exprimer. Celles-ci la transportent vers le monde de Jane Austen. Sa première romance, *Lady Rose & Miss Darcy, deux cœurs à prendre*, se passe en effet dans l'univers étendu d'*Orgueil et Préjugés*. À partir de là, Lhattie Haniel ne reposera plus jamais sa plume. Viennent ensuite six autres romances historiques, ainsi qu'une romance contemporaine, *20 Secondes de Courage*.

En 2016, la romancière est lauréate lors du speed-dating organisé par Amazon France au salon Livre Paris avec l'un de ses ouvrages, *Un Accord Incongru !* vendu à ce jour à plus de 6.500 exemplaires.

Puisque chacune de ses romances est attendue avec impatience par ses lecteurs, Lhattie Haniel a déjà repris sa plume. Elle met actuellement la touche finale à sa prochaine romance, *Lord Bettany*, dans laquelle pour la première fois, elle aborde l'histoire d'un veuf et de son enfant…

En 2018, Lhattie Haniel crée deux belles Collections de Cahiers de Notes *Sweet* et *Regency* aux allures d'antan.

www.ingramcontent.com/pod-product-compliance
Lightning Source LLC
Chambersburg PA
CBHW021154160726
47994CB00001B/207